Dieter Schliwka
Salto abwärts

Der Autor:

Dieter Schliwka, geboren 1939 in Gelsenkirchen, arbeitete zehn
Jahre lang im Bergbau. Auf dem Zweiten Bildungsweg studierte
er Pädagogik mit den Schwerpunktfächern Literatur und Kin-
der- und Jugendpsychologie. Seit 1971 ist er als Fachleiter an
einem Lehrerseminar tätig. Heute lebt er in Herten. Bisher sind
elf Jugendbücher von ihm erschienen.
Dieter Schliwka erhielt 1979 den zweiten Preis innerhalb des
Hans-im-Glück-Preises und 1985 den Preis der Leseratten des
ZDF. Ebenfalls 1985 wurde ›Salto abwärts‹ von der JU-BU-
CREW, Göttingen, zum Buch des Monats September gewählt.
Titel von Dieter Schliwka bei dtv pocket: siehe Seite 4

Dieter Schliwka

Salto abwärts

Deutscher
Taschenbuch
Verlag

Von Dieter Schliwka ist außerdem bei dtv pocket
lieferbar:
Sirtaki. Die Geschichte von Nina und Jannis, ihrer Liebe und
der Sehnsucht nach Frieden, Band 78001

Ungekürzte Ausgabe
Juli 1987
8. Auflage März 1995
Deutscher Taschenbuch Verlag GmbH & Co. KG, München
© 1985 K. Thienemanns Verlag, Stuttgart – Wien
ISBN 3-7779-0374-4
Umschlaggestaltung: Klaus Meyer
Umschlagbild: Haidrun Gschwind
Gesetzt aus der Garamond 10/11˙
Gesamtherstellung: Ebner Ulm
Papier: ›Recycling Book-Paper‹,
Steinbeis Temming Papier GmbH, Glückstadt
Printed in Germany · ISBN 3-423-07874-X

Inhalt

Constanze

Ich habe meine Turnschuhe vergessen.

So fängt alles an.

Unter dem Schutzdach der Bushaltestelle knie ich nieder, wühle ärgerlich in meiner Tasche – vergeblich. Mein Magen knurrt, der Kopf ist leer nach zwei Stunden Sport bei Haverkamp, den ich nicht mag und der nichts von mir hält. Und ich Esel lasse meine Turnschuhe in der Halle!

Der Bus kommt.

Die anderen steigen ein. Ich muß zurück.

»So ein Mist!«

Es regnet. Ich trete versehentlich in eine Pfütze, hole mir nasse Füße und womöglich einen Schnupfen. Es gibt Tage, die streichst du am besten aus dem Kalender.

Und doch kommt alles ganz anders.

Das Schulzentrum liegt nicht allzu fern; aber wahrscheinlich hat der Hausmeister schon die Sporthallen abgeschlossen; und du rennst dir die Hacken krumm, um ihn irgendwo in dem riesigen Komplex aufzutreiben. Nein, die Halle A ist offen, ebenso die Umkleidekabine. Und da hängen sie auch schon, die verflixten Schuhe... Wo hatte ich vorhin meine Augen, meine Gedanken? Nun: Wenn es darum geht, aus der Halle zu kommen, habe ich es immer eilig. Schon der Geruch von Schweiß, der immer in der Luft hängt, widert mich an. Und wie gesagt: Sportlehrer Haverkamp mag mich nicht besonders. Das beruht auf Gegenseitigkeit: Auch mir geht er quer – er und sein Sport, den er so wichtig nimmt.

Auch jetzt denke ich: Nur raus!

Aus der Halle B höre ich Musik. Ich bin schon vorbei, bleibe stehen und lausche. Das Gitarrensolo gefällt mir, der weiche Sound im Hintergrund, der sparsame Gebrauch des Schlagzeugs. So etwas erwartest du nicht an einem Ort, wo es gilt, mit den Muskeln zu spielen und den Gegner zu besiegen. Ich kehre um.

Die Tür ist angelehnt.

Mit der Schuhspitze schiebe ich sie einen Spaltbreit auf und sehe hinein. Die Halle ist kleiner als die A. Eine große, quadratische Matte liegt in der Mitte, und drumherum hocken oder stehen Mädchen im Turndreß. All das wird mir aber erst in der Erinnerung bewußt. Zunächst sehe ich nur eines: Constanze! Natürlich weiß ich zu dem Zeitpunkt ihren Namen noch nicht. Ich weiß nur: Nie zuvor habe ich gesehen, wie ein Mädchen Musik wird, wie sich Kraft und Anmut im Tanz vereinen. Das klingt ziemlich abgedroschen, ja, ich weiß. Denk, was du willst! Für mich jedenfalls ist es wahr. Als die Musik verstummt und Constanze ihre Bodenkür beendet, bollert hinter mir der Hausmeister:

»Was machst du denn da?«

Ich weiß nicht, was ich da mache.

Und ich weiß nicht, was ich antworten soll.

Alles schaut zu mir herüber, auch Constanze. Mädchen beginnen zu kichern; ich fühle mich ertappt. Das ist sicherlich Blödsinn. Und doch: Tu etwas dagegen! Wie ein geprügelter Hund stehle ich mich davon. Und in dem langen Gang vor den Umkleideräumen und Duschen ärgere ich mich über mich selbst. Eine leere Kakaotüte bekommt einen Tritt.

Draußen beruhige ich mich. Es regnet kaum noch; die Luft ist frisch. Mir ist nicht nach einem stickigen Bus; und so beschließe ich, den weiten Weg zu Fuß zu gehen. Mitunter pfeife ich, versuche ich, die Melodie hinzubekommen. Es klappt leidlich. Und immerzu denke ich: Wer ist dieses Mädchen?

Den ganzen Tag habe ich das Bild vor Augen, ganz gleich, was ich mache: Da sind die Mädchen, ist die Bodenmatte, zwölf mal zwölf Meter, wie ich heute weiß, der Mann, vermutlich der Trainer, Turngeräte – ein Schwebebalken, ein Stufenbarren und dies und das. Auch die Musik habe ich jetzt komplett im Ohr, ganz deutlich. Nur Constanze kriege ich nicht wieder hin, so sehr ich mich bemühe. Dennoch ist mir klar: Wenn du sie siehst, wirst du sie wiedererkennen, ganz gleich, wie sie gekleidet ist, wo sie steckt. Und schon fange ich wieder an, die Melodie zu pfeifen, während ich die Schulbücher hervorhole. Das Referat für Ölle, den Geschichtspauker, ist morgen fällig. Ach so: Ich bin fast siebzehn, mittelgroß und gehe in die zehnte Klasse der Hauptschule am hiesigen Schulzentrum. Nach der mittleren Reife kann ich vielleicht, wenn alles klappt, das Abitur machen. Wer weiß. Mutter sagt immer: »Bleib so lange wie möglich auf der Schule. An einen Arbeitsplatz oder eine Lehrstelle ist bei der gegenwärtigen Wirtschaftslage nicht zu denken!« Sie kennt sich aus draußen: Sie arbeitet im Büro von Gümpel & Co, einem Großhändler, und verdient kein schlechtes Geld. Wir kommen gut über die Runden. Mein Vater ist schon lange tot.

Die Geschichtsbücher öden mich an.

Ölle kann mich mal! Alle Lehrer können mich mal!

Wer ist dieses Mädchen?

Noch immer geht es in meinem Kopf wie Kraut und Rüben durcheinander, wenn ich sie mir vorstelle. Deshalb denke ich mir ihre Stimme aus: etwas heiser vielleicht, leise, weich und doch kräftig – wie ihre Kür auf der großen Matte! Welch ein Blödsinn! Also jetzt mal ernst: »Gewaltenteilung im Staat – Garant der Demokratie«, lautet Ölles Thema. Legislative, Exekutive und Judikative – dazu, ganz inoffiziell, die vierte Gewalt, die öffentlichen Medien. So? Auf meinem Notizblock finde ich einige Namen: John Locke, Montesquieu, Rousseau – und Hobbes. Nein, der wollte doch einen Oberwolf an der Spitze, erinnere ich mich, einen absoluten Monarchen! Oder war das John Locke?

Ich höre auf, schiebe die klugen Bücher weg.

Wer ist das Mädchen?

Nur diese Frage ist wichtig auf dieser Welt. Vielleicht

sollte ich ein Referat über Kunstturnen halten? Nein. Plötzlich möchte ich malen – wie so oft, wenn mich etwas sehr stark beschäftigt. Ich springe gleich auf, um die Sachen zu holen. Dazu will ich folgendes anmerken: Die Gabe, kunstvoll mit Pinsel und Farbe umzugehen, habe ich von meinem Vater geerbt, der an Magenkrebs starb. Von Beruf war er Anstreicher, und privat hat er ausgezeichnete Bilder gemalt, sogar in Öl. Überall in der Verwandtschaft und Bekanntschaft hängen sie herum, die Stilleben, Bergpanoramen mit röhrenden Hirschen, die Meeresmotive mit Palmen oder Dünengras, je nach Wunsch. Sogar an Portraits hat er sich herangetraut – an Oma und Opa beispielsweise, die in Mutters Schlafzimmer hängen, und an Jupp, unseren Nachbarn. Ich will nicht lästern: Vater kannte es nicht besser. Bei entsprechender Ausbildung hätte er sicher mehr zuwege gebracht als diesen Abklatsch einer heilen Urlaubswelt. Seine Technik war perfekt, handwerklich war er besser als mancher, der sich Kunstmaler schimpft. Jawohl. Ich fing genauso an wie er. Schon in der Grundschule klebten sie die Klassenwände mit meinen Bildern voll. Dann hat sich eine Lehrerin meiner angenommen.

Aber was rede ich:

Ich will jetzt malen. Ich sage mir: Was du im Kopf mit Gedanken nicht zusammenkriegst, schaffst du vielleicht mit den Farben auf dem Papier.

Als Mutter von der Arbeit kommt und über meine Schulter späht, ruft sie:

»Bist du verrückt!«

Das ist es! Ich bin verrückt nach diesem Mädchen.

Frank Ölle, Fachlehrer für Geschichte und Geographie, bekommt das zu spüren: Die Stunde in der 10c, völlig auf mein Einstiegsreferat hin konzipiert, kann er sich von der Backe kratzen. Hilflos doktert er eine Weile herum; dann läßt er – allen Protesten und Paragraphen zum Trotz – einen Kurztest schreiben. Jetzt habe ich alle gegen mich.

Das läßt mich kalt.

Von meinem Platz aus kann ich ein winziges Stück von Sporthalle B sehen. Und dieses Stückchen Mauerwerk und Glas beschäftigt meine Gedanken und Gefühle bis zum Läuten der Pausenglocke.

Unheimlich schnell bin ich draußen.

Ist Constanze an dieser Schule, finde ich sie!

Das steht fest für mich.

Im Hauptschultrakt hätte ich sie längst bemerkt, sage ich mir und wechsele den Schulhof. Ganz komisch ist mir mit einem Mal. Wie wird es mir erst sein, wenn sie vor mir steht? Das könnte durchaus bald geschehen. Über tausend Schüler fast aller weiterführenden Schularten besuchen das Schulzentrum. Warum nicht auch sie? Daß ich sie in der Halle gesehen hatte, besagt allerdings wenig: Alle möglichen Sportvereine der Stadt nutzen die optimalen Trainingsbedingungen der modernen Anlage.

Ist sie Mitglied im hiesigen Turnverein?

Jetzt fange ich schon an, mit mir selbst zu sprechen, mir Fragen vorzulegen wie ein Kommissar. Ich bohre weiter:

Wie finde ich das Mädchen?

Ich renne hin und her, aber das führt nicht weiter. Ich zwinge mich zur Ruhe, setze mich auf den Sims eines Brunnens. Die Zeit vergeht, die Pause ist bald vorbei. Und ich hocke da und denke: Bist du vielleicht ein verrückter Kerl! Du könntest jeden Nachmittag zur Halle fahren. Und einmal wird sie wieder da sein, ganz gewiß! Aber du willst nicht warten! Du willst sie sofort finden.

Ich muß über mich selbst grinsen. Als dann aber die Pausenglocke über den Platz dröhnt, zieht mir die Enttäuschung den Magen zusammen. Was soll das: eine halbe Minute zu früh!

Sekunden später sehe ich Constanze.

Ja, sie ist es. Zunächst bin ich starr.

Die vielen Menschen strömen zum Eingang, auch sie. Ich springe auf, laufe ihr nach, zwänge mich durch die dicht und dichter werdenden Schüler, komme ihr so nahe, daß ich sie sogar berühren könnte, wenn ich wollte. Ja, es zuckt in meiner Hand. Ich will schon, aber... Erst jetzt fällt mir auf, wie klein und zerbrechlich sie ist. In der Halle war sie mir sehr groß erschienen, wirklich groß und – ich weiß nicht, wie ich mich ausdrücken soll – voll Spannkraft und unerschütterlich fest. Das dunkelblonde Haar, in zwei Zöpfchen oder Schwänzchen zusammengebunden, teilt sich über ihrem Nacken, auf den ich hinabschaue und an dem ich ein dünnes Kettchen entdecke. Sie schaut sich um, bemerkt mich aber nicht.

Im Flur löst sich die Enge auf, geraten wir auseinander. Ich gehe langsamer, folge ihr in größerem Abstand, um nicht aufzufallen. Nun sehe ich auch, daß sie anders geht als die übrigen Mädchen, weicher und stark federnd. Ich habe einen direkten Vergleich, denn sie ist nicht allein. Ihre Freundin begleitet sie, Melanie Küppers, wie ich später erfahren werde.

Als sie sich einer Klassentür nähern, gebe ich meine Zurückhaltung auf. Ich spüre, daß ich jetzt handeln muß. Ich rufe etwas – was, weiß ich nicht mehr. Ihre Freundin bleibt stehen, dann sie selbst. Überrascht blickt sie mich an.

Ich frage kurz entschlossen:

»Wie heißt du?«

Sie sagt:

»Constanze. Warum?«

Jetzt sehe ich, daß sie sogar in besonderer Weise steht. Ihre Haltung ist einzigartig. Ihre Stimme aber ist nicht heiser, weder besonders leise noch weich, allerdings nicht hart, das stimmt. Und ihr Gesicht ist nicht unbedingt schön, doch klar gezeichnet; und es sind sehr große dunkle Augen darin, traurige Augen, wie ich finde, müde Augen vielleicht. Bald werde ich dies alles genau wissen. Für heute reicht mir: Ich mag dieses Gesicht, aus unmittelbarer Nähe mehr noch als aus der Ferne. Außerdem...

Die Freundin räuspert sich; und ich begreife, daß ich Constanze nicht für alle Zeiten ohne eine Antwort anstarren kann. Und was mir dann in den Sinn und über die Lippen kommt, ist mehr als dreist, beinahe schon verrückt wie alles, was ich seit gestern treibe. Ich sage:

»Ich mag dich.«

Sie ist verwirrt, errötet, senkt kurz den Blick.

Ich laß nicht locker, füge hinzu:

»Können wir uns einmal treffen? Allein?«

Jetzt hat Constanze sich offensichtlich wieder gefangen. Freundlich antwortet sie:

»Ich habe wenig Zeit. Eigentlich keine.«

»Unsinn«, mischt sich ihre Freundin ein. »Sonnabend könntet ihr euch treffen – um sechzehn Uhr, nach dem Training. Das geht doch, Constanze!« Sie zwinkert mir mit einem Auge zu. »Er kann dich von der Halle abholen und nach Hause bringen.«

»Aber...«

Ein Lehrer drängt uns auseinander.

»Es wird Zeit, meine Herrschaften! Bitte!« Er schleust die Mädchen energisch in die Klasse. Ich fange noch einen ratlosen Blick von Constanze ein; dann stehe ich allein vor der geschlossenen Tür.

An unserer Schule ist es Mode, ein Mädchen zu haben. Das ging bei uns schon kurz nach der Grundschule los und hat sich bis heute zäh gehalten. Wahrscheinlich ist es woanders ebenso. Ich habe mich allerdings nie an dieser Masche beteiligt – nicht, weil mich Mädchen nicht interessierten, sondern weil ich mir immer sagte: Wenn du mit einer gehst, dann muß es die große Liebe sein. Ja, da bin ich ziemlich altmodisch, zugegeben.

Wenn ich das hier erwähne, dann deshalb, damit einiges klarer wird: In der Klasse gelte ich als Außenseiter, für viele bin ich der typische Stubenhocker. Möglicherweise haben sie recht. In großen Gruppen fühle ich mich unsicher; und wenn die anderen über Motorräder quatschen und – wie es neuerdings üblich ist – an der Bierflasche nuckeln, halte ich mich da heraus . . . Ja, sag es schon: ein richtiger Edelmacker! Drei-, viermal habe ich deswegen Prügel bezogen, und das nicht zu knapp; aber das ist lange her. Ich habe mich nie gewehrt, habe nicht zurückgeschlagen.

Zurück zu Constanze: Sie hat mein Leben verändert. Wie im Traum renne ich umher. Nein, plötzlich hast du Flügel. Und du hebst ab. Ich rede mehr; und gestern habe ich mir Zigaretten gekauft. Ja, ich drehe langsam durch. Immerzu denke ich: Was wirst du ihr sagen?

Dann ist Samstag.

Es stürmt und gießt.

In meinen Träumen war von Sonne die Rede gewesen, von einem blauen Himmel, von Schmetterlingen im Schloßpark, von einem lauen Abend. Aber das alles hat kaum Bedeutung, als ich vor der Halle stehe und warte. Warum ich rauche, weiß ich selber nicht. Das Zeug schmeckt scheußlich, verursacht einen pappigen Geschmack im Mund; und dauernd muß ich husten. Trotzdem stecke ich mir gleich eine zweite Zigarette an.

Es ist noch früh, gerade fünfzehn Uhr durch.

Die Zigarette ist vom Regen aufgeweicht; ich werfe sie fort. Dann merke ich, daß ich muß. Schon zu Hause bin ich pausenlos aufs Klo gerannt. In den Umkleidekabinen der Männer ist niemand; doch alle Türen stehen offen. Von der Halle A herüber höre ich das dumpfe Tupfen eines Balles, Männerstimmen, Rufe und Getrappel. Als ich die Toiletten verlasse, zögere ich.

Eine Zeitlang starre ich auf die Tür der Halle B.

Klaviermusik . . .

Ich muß rein.

Bevor ich die Klinke herunterdrücke, atme ich noch einmal tief durch. Sie ist überraschend laut, die Musik;

und niemand hört die Tür, die ich sachte hinter mir schließe. Linker Hand üben unter Anleitung einer jungen Frau kleine Mädchen Ballettfiguren zu den Klängen des Pianos; und rechts im Hintergrund sehe ich größere Mädchen beim Pferdsprung. Ein dicker Mann im Trainingsanzug brüllt dazu seine Kommentare. An einer Sprossenwand hängen drei Turnerinnen, rhythmisch die Beine hebend. Beim Schwebebalken rückt ein junger Mann, der meinem Geschichtslehrer Ölle ähnelt, das Sprungbrett und die Matten zurecht. Offensichtlich ist mein Erscheinen noch niemandem aufgefallen.

Ich setze mich auf die Bank, gleich neben der Tür, und öffne meinen Anorak.

Ich denke:

Wo ist Constanze?

Ein flaues Gefühl im Magen signalisiert Katastrophenstimmung; doch sie ist unbegründet. Constanze tritt aus der Tür zu den Mädchenumkleideräumen. Sie bemerkt mich nicht.

Nach kurzer Rücksprache mit dem jungen Mann, der sie offenbar betreut, beginnt sie ihre Übungen auf dem Schwebebalken. Eines gleich vorweg: Ich werde sie nie ganz auf die Reihe kriegen, all diese Sprünge und Schwünge, die Felgen, Wenden und Kehren, die Schrauben, Salti, Tsukaharas. Man erspare sie mir, wo es eben geht, und verzeihe mir die eine oder andere Unstimmigkeit. Ich werde beschreiben, was ich sehe – doch mit meinen Worten. So auch jetzt:

Constanze scheint aller Erdenschwere enthoben, als sie sich auf dem zehn Zentimeter schmalen und fünf Meter langen Balken in einmeterzwanzig Höhe bewegt – frei und ohne Angst, wie ich denke. Denn sie lächelt. Mir würde es schon viel Mühe bereiten, schlicht hinüber zu balancieren; sie aber wirbelt rücklings durch die Luft oder auf der Fußspitze herum, taucht hinab und schwingt im Handstand empor, schlägt Rad, dreht und wendet, hockt und reckt sich – ansatzlos, mit unglaublicher Perfektion, kraftvoll und doch geschmeidig. Fast ist mir, als sei Constanzes Körper, der unter einer eigenartigen Spannung steht, ein Teil des Gerätes – der lebendige Teil, wenn man so will. Aber am meisten beeindruckt mich das Gesicht, dieser Ausdruck größter Konzentration. Und ich wundere mich sehr: Wie oft hatte ich mir beim Malen gewünscht, ganz das zu sein, was ich da gestalte, nicht so außen vor zu stehen. Constanze indes schafft dies mit ihrer Kunst.

Der dicke Mann im Trainingsdreß steht plötzlich vor mir. Er fragt:

»Und?«

»Was – und?« antworte ich.

»Auf wen wartest du?«

»Auf Constanze.«

Erst macht er ein dummes Gesicht.

Dann poltert er grölend los – so, daß sein Lachen durch die ganze Halle schallt. Schließlich dreht er sich um und brüllt:

»Dieser Herr hier wartet auf Constanze.«

Jetzt kichern einige Mädchen; und ich frage mich, während ich mich langsam erhebe, warum sie das tun. Der junge Mann am Schwebebalken deutet mit dem Kopf zu mir herüber und fragt:

»Kennst du ihn, Constanze?«

Sie steht noch oben auf dem Balken; und in das weiße Gesicht strömt Blut, als sie mich anschaut.

»Ja«, sagt sie nur.

»Woher?«

»Von der Schule.«

»Was will er?«

»Er bringt mich nach Hause, Herr Warich.«

Täusche ich mich? Oder ziehen sich die Brauen Herrn Warichs für Augenblicke zusammen? Wenige Sekunden später lächelt er:

»Da müssen Sie sich aber noch etwas in Geduld fassen, junger Mann. Offiziell ist erst um sechzehn Uhr Schluß.

16

Und wir werden noch was draufgeben müssen. Die neuen Teile am Barren müßten längst stehen.«

»Ich habe Zeit«, sage ich und setze mich wieder.

»So kannst du hier nicht bleiben«, mault der Dicke und deutet auf meine Füße. »Ohne Turnschuhe kommt keiner in die Halle.«

In aller Ruhe ziehe ich meine Schuhe aus. Lächelnd frage ich, ob's denn wohl auf Socken recht sei.

Wie gesagt:

Constanze hat mich verändert!

Ich erkenne mich selbst nicht mehr wieder: Der Typ zieht ab und schnauzt die Mädchen an.

Soll er: Mein Augenmerk gilt ohnehin Constanze. Und was sie weiterhin an den Geräten zeigt, zieht mich mehr und mehr in seinen Bann. Auch körperlich spricht Constanze mich an, außerordentlich sogar. Ich selbst bin – wie man sich denken kann – eine sportliche Null, zum Ergötzen der Klasse und zu Haverkamps Ärger, der – wie er sagt – mich irgendwann einmal an den Kletterstangen unter der Hallendecke sehen will. Ein frommer Wunsch, wenn ich mich so in Badehose vor dem Spiegel betrachte: keine Muskeln, keine Sehnen, hier und da Ansatz von Fett! Das kommt vom Sitzen. Und vielleicht ist es das, warum ich Constanze mit den Augen verschlinge: Sie wirkt so groß, gesund und kräftig, so fest und makellos, ist gertenschlank und doch voll Spannung und Energie. Aber das ist es nicht nur. In ihrem weinroten Turndreß verkörpert sie ganz einfach eine besondere Art von Schönheit.

Kurz vor halb vier geht die Tür neben mir auf.

Ein untersetzter, älterer Herr in Schlips und Kragen betritt die Halle, eine Zigarre zwischen den Zähnen, die mächtig qualmt.

Mich beachtet er nicht.

Er geht quer durch die Halle hinüber zu Constanze, die inzwischen am Stufenbarren trainiert.

»Tag, Herr Weißkirch!« höre ich Herrn Warich sagen, als sie sich begrüßen; und ich stelle fest, daß Constanzes

Betreuer mit einem Male unsicher wirkt, ein wenig übereifrig agiert und immerzu lächelt, was nicht zu seinen strengen, fast asketischen Gesichtszügen passen will. Constanze springt vom Barrenholm, auf dem sie gesessen hatte. Auch die übrigen Turnerinnen unterbrechen das Training und versammeln sich mit den Übungsleitern um den Neuankömmling, von dem ich bald nur noch die blaue Rauchwolke erkennen kann. Was er sagt, kann ich nicht verstehen; aber er scheint zu scherzen, denn die Mädchen lachen und kichern. Einmal öffnet sich der Kreis, schaut alles zu mir herüber – nur kurz.

Nach fünf Minuten ist die Episode vorbei: Der Herr steuert auf mich zu, bleibt kurz vor mir stehen, mustert mich, sagt »mh« – und verschwindet.

Um vier wird die Halle leer. Man hat das Gerät abgebaut, die meisten Matten entfernt. Nur Constanze und Herr Warich machen weiter – am Barren. Ich sitze weit weg, wage nicht, näher heranzugehen, um Constanze nicht zu stören. Es geht um eine ganz bestimmte Übung, die sich immer wiederholt: »Faß zu!« höre ich den Trainer rufen. Oder: »Zieh!« Und nach einem turbulenten Saltoabgang: »Steh!« Ja: »Steh!« und immer wieder: »Steh!« Ich bin sicher, sie haben mich jetzt vergessen.

Es ist fünf, dann halb sechs.

»Steh!«

Ketten rasseln, wenn man die Seilspannung anzieht, und das Barrengestänge ächzt unter den heftigen Bewegungen Constanzes; der untere Holm kracht, wenn sie mit ihrem Unterleib dagegenknallt: »Faß zu! Nein! Noch einmal! Und Spannung... Noch mal!«

Gebannt schaue ich zu.

Und wieder fällt mir das Bild ein, in dem Constanze ein Teil des Gerätes wird. Hier scheint es nicht zu klappen, und man spürt geradezu, wie sie gegeneinander kämpfen – das Gerät und Constanze, möglicherweise auch Herr Warich. Dann jubeln sie auf, Constanze springt in die Luft, und Herr Warich fängt sie mit beiden Armen bei den

Hüften ein, schwingt sie im Kreis herum – und sie lachen, lachen... Welch ein Sport, denke ich, und was für ein Mädchen!

Es ist halb acht, als sie aus der Halle kommt, feuchtes Haar vom Duschen auf der Stirn. Wie klein Constanze ist, wie klein und zerbrechlich mit einem Mal! Wie ist das möglich? Erneut stelle ich mir diese Frage. Nein, es ist nur ein flüchtiger Gedanke, der kommt und geht, wahrscheinlich nur ein Gefühl.
Ihre Hände sind überraschend groß.
Ich sehe es, als ich ihr die Tasche abnehme.
Wir gehen einfach drauflos.
Es ist noch hell, wir haben längst Sommerzeit; der Regen hat aufgehört, die Wolkendecke schimmert gelb.
Sie sagt lächelnd:
»Da hat Melanie was angerichtet!«
»Ist das deine Freundin?«
»Ja, Melanie Küppers. Sie turnt schon lange nicht mehr. Schade. Betreibst du Sport?«
»Nein.«
Sie schweigt.
Ist sie enttäuscht? Schon möglich.
Und wieder kommt mir ein Gedanke: Sie ist nicht nur klein und zerbrechlich; plötzlich ist sie ein Kind.
Nun: Sie ist ja auch noch ein halbes Kind!
Die Frage ist die: Wie konnte ich das vorhin in der Halle vergessen!
»Trainierst du immer so lange?«
»Nicht immer.«
»Wie oft?«
»Sechsmal die Woche. Sonntags nur zu Hause.«
»Hm. Wer ist Herr Weißkirch? Der Vereinspräsident?«
Sie lächelt.
»Nein, unser Sponsor.«
»Sponsor? Was heißt das?«

»Er unterstützt den Verein, vor allem die Turnabteilung. Und er bezahlt meinen Trainer, Herrn Warich. Das ist nicht wenig. Vater hat das gesagt. Und er sagt immer: Ohne Weißkirch läuft nichts. Die Stadt hat kein Geld, und von den Mitgliedsbeiträgen könne man keinen Berufstrainer bezahlen.«

»Was treibt er?«

»Herr Weißkirch? Er ist Textilfabrikant. Er ist sehr nett. Ich mag ihn.«

»Warum hat Melanie aufgehört?«

»Sie hatte die Bänder durch. Das kommt vor. Das kriegt man im Krankenhaus wieder hin. Aber sie hat aufgehört. Nie könnte ich das.«

Ich nicke und überlege, was ich noch fragen kann.

»Kümmert sich Herr Warich nur um dich?«

Sie errötet.

»In der Hauptsache. Ja.«

»Warum?«

»Nun, wenn man deutsche Meisterin werden will...«

Ich bin baff!

»Wie? Meisterin der ganzen Nation?«

»Ja, in der Meisterschaftsklasse zwei. Das ist drin. Und wenn ich Glück habe, turne ich in der Nationalriege mit. In drei Monaten wird sich das entscheiden.«

»Wie alt bist du?«

»Vierzehn. Hast du denn noch nie von mir in der Zeitung gelesen?«

»N... nein«, gestehe ich zögernd. Die Sportseiten überschlage ich; und den Lokalteil lese ich nur, wenn sie etwas über eine neue Kunstausstellung bringen. Ich frage: »Du stehst also oft drin?«

»Ja, sehr oft. Mutter sammelt die Artikel und klebt sie ins Album. Ich kann sie dir mal zeigen.«

Duft aus einer Imbißstube weht uns entgegen.

»Du wirst Hunger haben«, sage ich.

»Nein«, antwortet sie. »Man gewöhnt sich daran, wenig zu essen – und wenn, dann nur mageres Fleisch und viel

Gemüse. Zucker- und Backwaren meide ich; und Wurst ist nur im Ausnahmefall drin – schon gar nicht vor Wettbewerben! Auch Pommes frites sind gestrichen, obwohl ich sie gern mag. Aber das Opfer muß man schon bringen.«

»Soll ich welche kaufen?«

»Besser nicht.«

Dennoch hole ich zwei Portionen. Und sie ißt sie gern.

Eine Zeitlang sagen wir kein Wort.

Die Sonne ist durchgebrochen, sie steht über den Baumkronen und Dächern und taucht die Straße in ein warmes Licht.

Eine Stimmung zum Träumen!

Doch ich erwache, bevor es richtig losgeht.

Irgendwann sagt sie plötzlich:

»Da wohne ich.«

Sie zeigt auf ein Mehrfamilienhaus in der Straßenzeile und schaut empor. Ein Fenster steht offen, ich deute hinauf.

»Dort?«

»Ja, das ist mein Zimmer. Daneben wohnen meine beiden Brüder, rechts ist die Küche. Meine Eltern schlafen nach hinten raus; da liegt auch unser Wohnzimmer. Jetzt weißt du alles.«

»Fast«, sage ich und höre, daß meine Stimme heiser ist. Es sollte ein Scherz sein; doch wir bleiben beide ernst. Ich habe das Bedürfnis, sie zu berühren – an der Schulter, an der Wange, nur ganz kurz; aber ich wage es nicht. Ich möchte ihr etwas Großartiges sagen – etwas, das uns beide betrifft, meinetwegen auch ihre Kunst, die mich so gepackt hat. Ich sage: »Schön wohnt ihr hier.«

Sie deutet mit dem Kopf die Straße entlang.

»Es geht... Vor allem: Der Wald ist in der Nähe. Den brauche ich für meine Dauerläufe. Und der Bahnhof ist auch nicht weit, wenn ich allein zum Leistungszentrum fahren muß, falls Mutter keine Zeit hat. Meist bringt sie mich mit dem Auto hin.«

»Ach ja?«

»Ich muß immer früh zu Bett, brauche ausreichend Schlaf, weißt du.« Sie schaut ein wenig beunruhigt zu den Fenstern hinauf und spricht hastig – so, als habe sie noch sehr viel zu sagen. »Das gehört auch dazu, wenn man was erreichen will im Turnen... Wenn ich daran denke, was sie alle für mich tun – die Eltern, meine Brüder, der Trainer und die vom Verein, vor allem Herr Weißkirch... Nie hätte ich es so weit gebracht ohne sie. Da muß ich ihnen dankbar sein.«

Ja, ich verstehe sie; und Herr Weißkirch erscheint mir mit einem Mal in einem neuen Licht! Allerdings: Für Constanze und ihre Kunst am Gerät hätte ich alles getan, jedes Opfer gebracht, denke ich eifersüchtig und bin drauf und dran, es auszusprechen, als Constanze fortfährt:

»Wenn ich es schaffe, in die Nationalriege zu kommen, werde ich weite Reisen machen – bis Amerika oder Japan. Und die Kameradschaft in der Riege ist sagenhaft. Ich war einmal dabei – während eines Sonderlehrgangs in Frankfurt.«

»Bist du Montag in der Halle?«

»Nein, Montag und Dienstag fährt meine Mutter mich zum Leistungszentrum. Da habe ich bessere Möglichkeiten zu üben, vor allem die Akros. Außerdem sind da ein Ballettmeister und eine Gymnastik-Spezialistin. Herr Weißkirch bezahlt sie, auch den Choreographen, der uns beim Aufbau der Kür berät.«

»Also treffen wir uns in der Schule?«

»Ja«, sagt sie. »Aber dann ist Melanie dabei. Mittwoch trainiere ich wieder in der Halle am Schulzentrum. Vielleicht...«

»Gut. Ich komme.«

»Bis Mittwoch«, sagt sie. »Das Training beginnt um vier am Nachmittag und endet um sieben.«

Sie nimmt ihre Sporttasche.

»Danke – auch für die Pommes. Und überhaupt...«

Rasch wendet sie sich um und geht.

Ich rufe ihr nach:

22

»Ich heiße Martin.«

»Martin Kopaz«, sagt sie bei der Tür. »Ich weiß.«

»Woher?«

»Melanie Küppers, meine Freundin, hat sich umgehört – auf eurem Schulplatz.«

»Ach so.«

Dann ist sie fort.

Nachdenklich schlendere ich die Straße zurück. Ich habe viel Zeit; denn im Augenblick zieht es mich nicht nach Hause, was selten geschieht. Ich möchte allein sein, um das Gespräch mit Constanze fortzuspinnen, um nachzuholen, was ich vorhin versäumt habe. Am Ende bin ich mit ihr zufrieden. Vor unserer Wohnung zünde ich mir eine Zigarette an, trete sie jedoch nach wenigen Zügen aus und werfe die halbvolle Schachtel weg.

Kür der Seifenblasen

Noch in der gleichen Nacht fällt eine wichtige Entscheidung: Ich will ein Ölbild malen – ein gewaltiges, das größte vielleicht, das ich je malen werde. Das Material dazu liegt im Keller, der Keilrahmen, die Leinwand – alles. Vater hatte darauf Venedig malen wollen – riesengroß. Aber er war bis auf die Knochen abgemagert und gestorben. Ich weiß das alles nicht mehr, war damals noch zu klein. Aber Mutter spricht oft darüber.
Nichts hält mich mehr im Bett.
Ich gehe in den Keller. Im Flur ist es ganz still. Es ist drei Uhr durch. Draußen ist es finster, als ich unten kurz die Hoftür öffne, um frische Luft zu schnappen. Eine halbe Stunde wühle ich schon in dem Gerümpel, lege die Staffelei frei, räume Bretter fort, um an den Rahmen zu kommen, und zerre die Leinwandrolle aus einer Kiste hervor, da kommt meine Mutter nach – in Nachthemd und Morgenmantel.
»Ja, hör mal! Spinnst du?«
Ich stelle mir das Bild vor, wie ich in dem Kram stehe, Staub im Gesicht, die Hände beschmutzt, der Schlafanzug verdreckt.
»Ich? Wieso?«
Mutter setzt sich auf die Kante der Kartoffelkiste. Sie zieht ein wenig fröstelnd die flauschigen Kragenenden vor dem Hals zusammen und sagt:
»Versprich mir, daß du wenigstens keinen Lärm machst! Du weckst das ganze Haus auf.«
Ich bin ohnehin fast fertig: Die Flachpinsel fehlen noch, zwei oder drei Behälter mit Tubenfarben, die ich einmal gesehen habe; und einiges werde ich wohl kaufen müssen.
Mutter schaut mir zu.
»Willst du mir nicht erzählen, was los ist?« fragt sie. »So verrückt ist man doch nur, wenn man jung verliebt ist.«

Sie hat recht.

Und so berichte ich ihr von Constanze, von ihrer Kunst und dem, was ich heute erlebt habe. Dabei fällt auch der Name Weißkirch.

»Ich kenne ihn«, nickt Mutter. »Wir beliefern Weißkirch. Ein netter Mann, immer freundlich und zu Scherzen aufgelegt. Er unterstützt den Verein, sagst du?«

»Ja.«

»Das sieht Theo Weißkirch ähnlich.«

»Ist er sehr reich?«

Mutter lächelt.

»Seine Textilien gehen in alle Welt, ja. Dabei hat sein Vater mit einer kleinen Änderungsschneiderei begonnen. Erst als sein Sohn Theo den Laden übernahm, ging es steil bergauf. Heute zählen seine Betriebe zu den größten der Branche. Was machen Constanzes Eltern?«

»Keine Ahnung.«

»Mh. Und jetzt willst du Constanze malen...«

»Nicht Constanze. Das heißt: Nicht nur Constanze. Ich... ich will ihre Kunst malen, diese Einheit von Mensch und Sport, vielleicht auch Constanzes Kampf mit dem Gerät oder ihren Sieg. Ich weiß noch nicht. Aber es muß Kraft drin sein und Schönheit, Anpassung und Widerstand, vor allem Spannung...«

»Schön gesagt«, nickt Mutter, erhebt sich, gähnt und fügt hinzu: »Und du meinst, das alles kann man darstellen – in Ölfarben?«

»Ich bin sicher.«

»Nun ja.« Mutters Augen liegen tief; sie sieht blaß aus in letzter Zeit. Meist ist sie gereizt, heute zum Glück nicht – vielleicht, weil sie müde ist. »Und knips das Licht aus«, sagt sie, »wenn du fertig bist! Und mach nicht so lange, hörst du? Und im Flur geh leise! Ich will nicht, daß wir auch noch mit den Nachbarn Krach kriegen.«

»Du hast Ärger im Büro?«

Mutter steht schon im Kellergang, schaut aber noch einmal herein.

»Immer noch das gleiche: Seit wir die Computer haben und Bärbel Hallscheit auf dem Lehrgang war, spielt sie sich auf. Und sie hält ihr Wissen zurück, mußt ihr die Würmer aus der Nase ziehen. Ohne sie läuft nichts mehr bei uns in der Abteilung. Da nützt dir die ganze Erfahrung nichts, wenn der Computer streikt. Und dann kommt so eine Zwanzigjährige und... Freitag hat der Chef sie gelobt: Wenn wir Sie nicht hätten, Fräulein Hallscheit! Das tut weh, wenn du über fünfzehn Jahre in einer Firma bist. Und du fühlst dich plötzlich alt. Da fragst du dich, wann sie dich abschieben werden... Aber vielleicht ist das alles Unsinn. Vielleicht bin ich auch nur überarbeitet.«
Sie reibt sich über die Augen, sieht wirklich alt aus. Ich möchte ihr gern etwas Nettes sagen, denke für flüchtige Augenblicke sogar daran, zu ihr zu gehen und sie...
Nein, irgendwie kommst du dir blöd dabei vor, und du verdrängst solche Sachen. Die Hochstimmung ist natürlich hin – für heute jedenfalls.
Eine Zeitlang hocke ich noch auf einem Lackeimer.
Dann erhebe ich mich. Na gut:
Morgen ist auch noch ein Tag.

Den ganzen Sonntag verbringe ich damit, den Keilrahmen mit dem Leinen zu bespannen, mit der Vorgrundierung zu beginnen und ungezählte Aquarellentwürfe zu ersinnen, die alle von der Wasserspülung des Klosetts in die Unterwelt befördert werden. Dennoch bin ich guter Dinge: Große Werke verschleißen zuweilen Unmengen an Geist und Material! Aber Spaß beiseite:
Montag besorge ich Leinöl und Terpentin, auch eine kleine Flasche fabrikfertigen Malmittels, die mir der Verkäufer aufschwatzt. Auch gegen meine antiquierte Art, auf aufgespanntem Leinen zu arbeiten, hat er etwas, zumal er hochwertigen und teuren Malkarton anzubieten hat. Da bleibe ich allerdings hart: Ich will es wie Vater machen und wie all die großen Meister der Vergangenheit – oder gar

nicht. Die Leinwand muß nachgespannt werden, so geht der Dienstag herum.

Mittwoch kann ich nichts tun.

Ich bin zu aufgekratzt und schaue ohnehin nur auf die Uhr.

Punkt vier sitze ich auf der Bank.

Allein: Constanze kommt nicht!

Statt dessen jagt mich der Bollermann aus der Halle: Constanze sei zusammen mit ihrem Trainer auf einem Lehrgang, erklärt er, und ich solle verschwinden. Im Hintergrund kichern die Mädchen; und die junge Übungsleiterin, die ich bereits erwähnte, steht mitten unter ihnen und nagt an der Unterlippe. In ihren Augen ist wenig Freundlichkeit.

Ich wolle doch dem Turnverein beitreten, sage ich. Ob er Aufnahmeformulare bei sich habe.

Scherze mag er nicht.

Er spielt mit den Muskeln und kommt mir bedrohlich nahe. Ich kratze die Kurve.

Draußen weiß ich nicht, ob ich lachen oder weinen soll.

Ich entschließe mich, zu Constanzes Wohnung zu gehen. Ich kann nur immer wieder betonen: Ich bin ein anderer geworden, seit ich Constanze kenne. Meine frühere Gewohnheit, Entscheidungen auf die lange Bank zu schieben oder brenzligen Situationen auszuweichen, ist dahin. Weiß der Himmel: Ich bin ein neuer Mensch!

Ich will Constanze sehen, will sie sprechen!

Ich muß!

Die Haustür ist zum Glück nur angelehnt. Da ich nicht einmal Constanzes Nachnamen weiß, zähle ich die Stockwerke: Hilgers steht auf dem Namensschild. Ich drücke auf die Klingel.

Ein Hund bellt.

Schritte.

»Ja?«

Der Junge, der öffnet, ist so alt wie ich, nein, etwas älter wohl, aber einen halben Kopf kleiner, dafür auffallend stämmig – fast wie ein Gewichtheber. Ein Dackel schnüffelt an meinen Schuhen.

»Ich möchte Constanze sprechen.«

»Du? Wer bist du denn?«

Ich bin sicher, daß er weiß, wer ich bin. Ich sehe es seinen Augen an. Ruhig sage ich:

»Martin.«

»Martin? Ich kenne keinen Martin. He, Olaf, kennst du einen Martin?«

Im Halbdunkel der Diele steht ein zweiter Bursche, ungefähr von meiner Körpergröße, nur schlanker, fast schmächtig – ein Softy-Typ. Er hat einen großen, vollen Mund und schöne dunkle Locken. Die Augen liegen im Schatten.

»Nie gehört, Dirk. Martin?«

Auch er lügt; doch er lügt besser – vielleicht, weil ich seine Augen nicht erkennen kann.

Peinliche Stille; dann sagt Dirk:

»Was willst du von Constanze?«

»Ich sagte bereits, daß ich sie sprechen möchte.«

»Sie ist nicht da.«

»Wann kommt sie zurück?«

»Spät am Abend. Und morgen ist sie wieder weg.«

»Übermorgen auch«, ergänzt Olaf und kommt näher, so daß ich seine Augen sehe: Die Augen stören etwas in dem Gesicht; sie sind blaßblau und passen nicht dazu. »Und übers Wochenende fährt sie mit Herrn Warich, dem Trainer, zur Schulung vom Turnerbund.«

Möglich, daß das stimmt!

»Sind eure Eltern da?«

»Nein. Warum?«

Das langt mir; ich drehe ab.

Erst jetzt beginnt der Dackel zu kläffen; es schallt durch das ganze Treppenhaus. Und ich sehe im Geiste, wie sie ihn in die Wohnung zerren und die Tür schließen. Nein: Wie sie die Tür zuknallen, höre ich bis unten auf der Straße.

Melanie Küppers scheint auf mich gewartet zu haben, als ich sie anderntags auf dem Realschulhof aufspüre.

»Wo ist Constanze?«

»Sie fehlt. Sie ist krank.«

»Krank?«

»Jedenfalls sagt man das. Wann hast du frei?«

»Um eins.«

»Gut. Ich werde auf dich warten.«

Um eins steht sie am Tor. Wir gehen zum Stadtpark; denn die Junisonne ist heiß, und im Park ist Wasser, sind Bäume, gibt es Schatten. Außerdem ist dort eine kleine Wirtschaft mit Gartenstühlen auf der Terrasse. Für wenig Geld kannst du dir den Magen mit Currywurst oder Pommes frites vollstopfen und eine Limonade trinken. Ich bin oft dort, weil Mutter ja arbeitet und zur Mittagszeit selten, in der Regel nur an den Wochenenden zu Hause ist.

Melanie Küppers ist hübsch, eigentlich hübscher als Constanze, objektiv gesehen. Doch das heißt nichts.

Ich bestelle zwei Cola und frage Melanie, ob sie etwas essen möchte. Sie verneint und kommt sofort zur Sache:

»Was ich dir jetzt erzähle, bleibt unter uns, damit du's weißt. Beide Augen kratze ich dir aus, wenn du Constanze verrätst, daß ich mit dir über die Sache gesprochen habe. Verstehst du?«

»Nein«, gestehe ich offen. »Über welche Sache?«

»Hör zu: Ich bin Constanzes beste Freundin. Und da erzählt sie mir Dinge, die sonst niemand erfährt. Vielleicht ist dir aufgefallen, daß sie sich in den vergangenen drei Tagen vor dir versteckt hielt. Zumindest hat sie alles getan, um dir im Schulzentrum nicht zu begegnen...«

Richtig, jetzt fällt es mir auf: Am Dienstag hatte ich es nicht mehr ohne sie aushalten können, und ich war zum Realschultrakt hinübergegangen – vergeblich; denn Constanze und Melanie Küppers blieben wie vom Erdboden verschluckt. Am Mittwoch war es ebenso. Aber ich hatte nicht gewagt, mich nach Constanze zu erkundigen.

»Warum ging sie mir aus dem Weg?«

»Als Constanze am Samstag nach Hause kam, hatte sie ein Erlebnis, das sie zutiefst verletzte und unsäglich verwirrte. Das sage ich. Constanze denkt sich inzwischen tausend schöne Lügen aus, um die Wahrheit zu verschleiern.«

»Was war los?«

Mein Mund wird trocken, ich trinke.

Melanie berichtet:

»Als Constanze sich von dir verabschiedete, war sie ziemlich aufgekratzt. Du mußt einen großen Eindruck auf sie gemacht haben. Und sie hatte noch nie einen Jungen.

Drei Treppen nimmt sie auf einmal, wie sie sagt.

Oben hält Olaf, ihr Bruder, bereits die Tür offen, doch ihr fällt das erst im nachhinein auf, so erregt ist sie. Die ganze Familie sitzt im Wohnzimmer versammelt, der Fernseher ist aus, was ebenfalls ungewöhnlich ist. Aber Constanze denkt sich nichts dabei. Sie ruft:

›Ein Freund hat mich nach Hause gebracht. Er heißt Martin. Er sagt, daß er mich mag.‹

Niemand antwortet ihr; eifrig fährt sie fort:

›Beim Training hat er in der Halle gesessen und zugeschaut. Jetzt sind die neuen Teile am Barren komplett – nur, weil er dabei war. Und ich hab den doppelten Salto beim Abgang gestanden!‹ Sie setzt sich bei ihrem Vater auf den Schoß, wie sie es oft macht, wenn sie nach schwerem Training heimkommt. ›Martin bringt mir Glück. Und wenn er dabei ist, habe ich noch mehr Mut und Kraft. Alles klappt besser.‹

Zum erstenmal meldet sich nun Mutter.

Kühl sagt sie:

›Unsinn. Den doppelten Salto hast du schon wiederholt gestanden. Und die neuen Barrenteile waren so gut wie perfekt. Da fehlten nur noch Kleinigkeiten, bis sie klappen würden. Herr Warich hat täglich damit gerechnet. Im übrigen wissen wir von dem Jungen.‹

Plötzlich horcht Constanze auf.

›Ihr wißt es? Von wem?‹

›Herr Warich hat angerufen‹, sagt Vater ernst. ›Als du unten vor dem Haus mit dem Jungen standest.‹

›Und Herr Weißkirch‹, bemerkt Dirk, ihr zweiter Bruder, ›noch vor dem Trainer. Er war sehr freundlich. Aber er macht sich Sorgen.‹

Und dann bearbeiteten sie Constanze – über drei Stunden. Sie machten ihr klar, daß sie sich entscheiden müsse: für die Meisterschaft oder für dich. Beides ginge nicht. Ich weiß nicht, was sie ihr noch alles aufgeschwatzt haben, kann's mir aber denken. Am Ende sah sie alles ein. Du mußt Constanze reden hören! Nur in die Augen schauen darfst du ihr nicht.«

Melanie Küppers nimmt ihr Glas und trinkt.

Ich sehe sie lange schweigend an.

Schließlich sage ich:

»Warum erzählst du mir das alles?«

»Muß ich das sagen?«

»Nein. Du mußt natürlich nicht.«

»Gut.«

»Dein Bericht war sehr eindrucksvoll... Mit Absicht?«

»Ja.«

»Warum hast du mit dem Turnen aufgehört?«

»Ich hatte die Bänder durch.«

»Das haben viele. Trotzdem machen sie weiter.«

»Das ist ihre Sache.«

»Na gut. Jedenfalls danke ich dir, Melanie.«

»Keine Ursache«, lächelt sie und erhebt sich. »Ich bin zwei Jahre älter als Constanze, obwohl wir in dieselbe Klasse gehen. Ich könnte ihre große Schwester sein, vielleicht bin ich's sogar – irgendwie...«

»Verstehe«, murmele ich, trinke und nicke ihr freundlich zu, wenngleich ich schon zu dem Zeitpunkt gewisse Zweifel hege, ob ich sie wirklich verstehe. Ich blicke ihr nach, wie sie den Parkweg hinaufgeht: Ja, sie ist verdammt hübsch – schlank und groß, schon eine Frau, was ihre körperliche Entwicklung betrifft, ganz anders als

Constanze, die eher knabenhaft wirkt, schmal, dünn und klein.

Aber mir ist nicht nach Vergleichen.

Als Melanie Küppers hinter einer Wegbiegung verschwindet, begreife ich mein Glück! Ja, mein Glück: Dank Melanie Küppers sehe ich Constanze die Treppe hinaufeilen und atemlos auf den Schoß ihres Vaters sinken, höre ich sie von mir sprechen...

Lange liege ich in meinem Gartenstuhl und strecke die Beine weit von mir. Die Sonne ist warm und tut mir gut. Und ich denke: Ich werde auf dich warten. Ich will dich nicht bedrängen, quälen wie die anderen. Du wirst zu mir kommen, weil du, du allein es willst...

Nicht sie kommt, sondern ihr Vater. Ich denke noch: Wer klingelt um diese Zeit? Da steht er vor der Tür: Thomas Hilgers, ein kleiner Herr. Er sieht im Gesicht Olaf Hilgers ähnlich. Das heißt: Der größere der beiden Brüder Constanzes, dieser feingliedrige, weich wirkende Junge, hat viel von seinem Vater. Nur die Augen sind anders: Noch nie habe ich so lebendige und doch verträumte, in der Erregung so feurige Augen gesehen wie die von Constanzes Vater. Immerzu denke ich: Wie muß Constanze ihn verehren! Dabei bin ich nicht einmal eifersüchtig. Im Gegenteil: Ich teile ihre Gefühle.

Zunächst halte ich ihn für einen Musiker, Dichter, Prediger oder Berufsphilosophen, später erfahre ich, daß er Maurer war, jetzt Bauführer ist, auf Weißkirchs Betreiben hin. Immer wieder stoße ich auf diesen Namen, der mir allmählich Respekt einflößt, Achtung oder Angst, nein, ich glaube, es ist doch Respekt.

Aber ich schweife ab:

Constanzes Vater will wissen, ob meine Eltern da seien, ich verneine; er ist etwas enttäuscht, denn er hätte gerne alle gesprochen, wie er sagt. Als er erfährt, daß mein Vater tot ist, wird seine Stimme wärmer, noch freundlicher.

Ob ich wisse, warum er komme.

Nein, jedenfalls nicht genau.

Er sitzt im Sessel und läßt seinen Blick durch den Raum gleiten, über unser einfaches Mobiliar, den billigen Teppich, den alten Schwarzweißfernseher. Als er zu mir zurückkehrt, ist keineswegs Geringschätzung darin, sondern ein Ausdruck der Verbundenheit, der mir guttut. Und Constanzes Vater hat weit mehr entdeckt, als ich vermute.

»Hat dein Vater die Bilder gemalt – oder ein Verwandter?«

»Vater«, antworte ich kurz und schaue verwundert zur Heidelandschaft über der Couch: Vater hatte seine Bilder mit vollem Namen signiert. Auch die Aquarelle, die überall hängen.

»Und du malst auch?«

Richtig: Die Tür zu meinem Zimmer steht offen, und man kann ein Stück von der Staffelei mit dem aufgestellten Rahmen erkennen. Die Malfläche ist noch weiß.

Ohne eine Antwort abzuwarten, forscht mein Besucher:

»Was wird es denn?«

Ich sage:

»Constanze und ihre Kunst.«

In seinen Augen erkenne ich Betroffenheit – ärgerliche und freudige, wenn mich nicht alles täuscht. Er ringt sich ein aufrichtiges Lächeln ab. »Meine Frau hat Berge von Alben mit Fotos von Constanze – fast alle in Farbe. Wenn du willst, kannst du dir eins aussuchen...«

Ich kann es nicht verhindern, daß ich mich ein wenig in meinem Sessel aufrichte und daß meine Stimme vor verletzter Eitelkeit vibriert:

»Mein Vater hat nach Fotos gearbeitet. Ich male, was ich im Kopf habe.«

Er sieht mich seltsam an.

»Was gefällt dir an Constanzes Kunst?«

Die Frage ist schwer zu beantworten, zudem finde ich sie falsch gestellt.

Deshalb erkläre ich:

»Im Augenblick bin ich ganz voll davon. Ich mag nichts anderes denken. Und ich habe auch eine Vorstellung, was ich malen will. Doch das läßt sich nicht mit Worten schildern. Das geht nicht.«

Nachdenklich nickt er.

»Ja, du denkst wie ich, Martin, und das ist gut so. Hör zu: Ich möchte mit dir von Mann zu Mann sprechen – ganz offen, vor allem ehrlich. Es geht um Constanzes Glück!«

Er schweigt, ich warte.

Er beginnt:

»Du kennst Constanze vielleicht eine Woche, Martin. Ich kenne als Vater ihr ganzes Leben. Das heißt: Mir sind auch ihre geheimsten und tiefsten Wünsche nicht unbekannt. Und im Augenblick ist ihr größter Wunsch, Meister zu werden – an einem Gerät oder sogar im Achtkampf, doch nicht aus Ruhmsucht und Eitelkeit, sondern weil sie nach Jahren schwerster Opfer und Mühen die offizielle – oder sagen wir: öffentliche – Bestätigung ihres Könnens braucht. Das ist nichts Ehrenrühriges, sondern das Normale. Auch du wünschst dir sicher, daß sie dein Bild eines Tages ins Museum hängen. Das ist ganz natürlich. Oder?«

Ich weiß nicht: Zur Zeit denke ich nur an Constanze, das Bild und ihre Kunst. Aber ich bin nicht so weltfremd anzunehmen, daß sich das nicht irgendwann einmal ändern könnte. Deswegen stimme ich zu.

Mein Gegenüber atmet sichtlich auf.

»Constanze hat einmal lachend gesagt: Die Halle, Papa, die Halle ist mein Zuhause ... Und da hat sie recht: Seit ihrem dritten Lebensjahr turnt sie – erst im Kleinkinderturnen mit der Mami, dann immer weiter. Das sind nun über zehn Jahre! Zehn Jahre! Davon sind über sieben Jahre Leistungssport, was sage ich: Hochleistungssport – mit allem Drum und Dran. Aber das muß sein, wenn das dabei herauskommen soll, was du so bewunderst und was du sogar malen willst! Anders geht es nicht. Oder du darfst dich nicht fürs Kunstturnen entscheiden. Constanze hat es gewollt, und wir haben auch nicht nein gesagt. Warum auch: Sie ist begabt und geboren für diese Kunst – so, wie andere Kinder schon mit sechs Jahren Klavier spielen und später große Pianisten und Komponisten werden. Auch sie müssen trotz ihrer Begabung täglich stundenlang üben, das ist selbstverständlich, ja, unumgänglich... Gewiß! Soll ihre Begabung vor die Hunde gehen? Sollen sie den Segen ihres angeborenen Könnens auf einem Gebiet nicht voll ausschöpfen, voll ausleben und am Ende voll auskosten? Denk an berühmte Künstler und Wissenschaftler, die sogar ihre Gesundheit ruinierten – nur, um ans selbst gesteckte Ziel zu kommen, das für sie – und nur für sie – das Glück bedeutet!«

Das alles leuchtet mir ein.

Mehr noch: Dies alles spricht mich an, regt mich auf – im positiven Sinne.

Er sagt lange Zeit kein Wort mehr.

Und doch habe ich das Gefühl, mit ihm zu sprechen. Es liegt wahrscheinlich an den Augen, die auf mir ruhen. Dann fährt er fort:

»Natürlich gehört eine gewisse Verrücktheit dazu, ich will es nicht bestreiten. Niemand besteigt unter höchster Lebensgefahr einen Siebentausender, Martin, ohne im guten Sinne verrückt zu sein... Das gilt für alle Hochleistungssportler: Sie sind nicht normal im herkömmlichen Sinne. Aber da gibt es einen Anreiz, den der Normalbürger nicht kennt, möglicherweise nicht einmal nachvollziehen kann: Du lernst kämpfen! Und du lernst schon von Kleinkinderbeinen an, dich für eine Sache absolut einzusetzen und mit Siegen und Niederlagen fertig zu werden. Ich kann nur für das Turnen sprechen: Du lernst vor allem, über deinen Körper zu siegen, lernst, deinen Schwächen nicht nachzugeben, deinen Willen durchzusetzen – auch gegenüber den Gegenständen deiner Außenwelt, in diesem Falle dem Gerät. Denn das ist das Eigentliche, das Entscheidende beim Turnen: das Gerät beherrschen, das Gerät besiegen! Denn: Die Geräte, Martin, insbesondere der Balken und der Stufenbarren, das sind gemeine Geräte, ja, unmenschlich gemeine Geräte!«

Das ist es! Das ist es!

Gebannt starre ich auf seinen Mund, in seine Augen, wage kaum zu atmen. Constanzes Vater spricht aus, was ich nur zu erfühlen vermochte!

»Damit«, sagte er, etwas ruhiger werdend, »damit sind wir bei dem, was man Körperzusammenschluß oder Körperspannung nennt. Ohne diese Körperspannung, die eine geistige ist, sind diese gemeinen Geräte nicht zu beherrschen. Das bedeutet: Wenn auch nur ein Muskel während der Übung eigene Wege geht, sich deinem geistigen Willen entzieht, fällst du herunter... Noch schlimmer: Es kann sogar zu schweren körperlichen Schäden kommen, nicht nur am Barren oder auf dem Balken, sogar auf der Bodenmatte. Ein Beispiel: Die Olympiavierte Gaby Gundelach – Constanze kennt sie persönlich – sollte laut Anweisung ihres Übungsleiters während des Trainings eine Doppelschraube am Boden springen. Sie ist unkonzentriert an diesem Tag und setzt zu einem Doppelsalto an – mit all der körperlich-geistigen Spannung, von der ich sprach. In der Luft fällt ihr der wahre Auftrag ein: Für Bruchteile von Sekunden läßt die Spannung nach, versucht sie sich zu korrigieren... Die Landung ist schrecklich: zweifacher Kniebruch, komplizierte Knochensplitterungen – aus! Aus ist es auch mit dem Turnen – für alle Zeit!«

Constanzes Vater schweigt.

Ich weiche seinem Blick aus, er meinem, als ich nach einer Weile kurz aufblicke. Und ich glaube zu sehen, daß uns die gleiche tiefe Unruhe erfaßt hat, die gleiche Angst.

Leise sagt er:

»Martin, sie mag dich.«

Ich antworte nicht.

Er daraufhin:

»Es ist nicht nur die übliche Schwärmerei zu dem ersten Jungen, der einem schöne Worte sagt. Es ist mehr. Der

Vater einer Tochter spürt das – zumal dann, wenn seine Beziehung zu ihr sehr eng, besonders innig ist. Diese bittere Pille müssen viele Väter schlucken. Aber es geht nicht um mich.«

Wir schauen uns noch immer nicht an.

Nach einer Weile sage ich, den Blick hebend:

»Was soll ich tun? Was raten Sie mir?«

Er fragt:

»Verreist ihr in den Sommerferien?«

»Ja«, antworte ich. »Nach Lido di Dante – in der Nähe von Ravenna. Mein Vater war mit meiner Mutter dort, als sie sich kennenlernten. Jetzt will Mutter wieder hin.«

»Das ist verständlich. Aber ich denke: Das ist auch gut für dich und Constanze. Da wird die Trennung nicht so lang. Und Constanze hat während der Sommerferien ohnehin kaum Zeit: das Training erreicht seinen Höhepunkt, weil im September, Oktober die Meisterschaften sind – zunächst die regionale, dann die nord-, schließlich die entscheidende deutsche Meisterschaft, alles im Abstand von vierzehn Tagen etwa. In der jeweils vorausgehenden Meisterschaft qualifiziert man sich für die nachfolgende – ein hartes und nervenraubendes Verfahren, doch aus verschiedenen Gründen nicht anders möglich. Wie auch immer: Du nimmst dann unsere Meisterin bei der Hand und führst sie aus. Was danach kommt, entscheidet ihr beide, sonst niemand!«

»Die Trennung gilt ab sofort?«

»Ja. Jede andere Lösung wäre gefährlich. Auch Constanze will es so. Denn noch kann sie innerlich den Abstand gewinnen, der nötig ist. Du verstehst.«

Ja, ich verstehe.

Er erhebt sich.

»Gib mir die Hand, Martin! Das ist so gut wie ein Vertrag zwischen uns beiden – zum Wohle von Constanze, die wir beide mögen, jeder auf seine Weise. Und versprich mir: Zur Meisterschaft schenkst du ihr das Bild. Bring viel Sonne von Italien mit, mal also viel Gold mit hinein.«

Als er fort ist, wird es sehr still um mich herum, vor allem in mir. Über eine Stunde sitze ich vor der Staffelei und schaue auf die weiße Fläche der Leinwand. Dann mische ich im Geiste die Farben und stelle fest, daß es ein lebhaftes und tatsächlich sehr helles Bild werden wird – mit viel Sonne, in das ein starrer Schatten einbricht, bedrohlich, unheilvoll: das gemeine Gerät! Aber nein: Durch die Kunst des Turnens wird es zum Partner, falsch, zum Instrument der Kunst... Ja! Das muß deutlich werden, irgendwie, vor allem auch die Spannung, die über allem liegt.

Ganz berauscht bin ich von diesem Gedanken.

Und der Rausch dauert noch eine Zeitlang an, bis ich rein zufällig zum Fenster blicke: In der Sonne des späten Nachmittags blitzen und funkeln Seifenblasen, die von oben herabschweben wie Schnee. Ich höre Kinderlachen über mir.

Ah, das sind Nachbar Schröders Jungen.

Sie vertreiben sich ihre Zeit mit diesem Spiel.

Fasziniert schaue ich auf die Farbenpracht, auf den lautlosen Tanz der makellosen Gebilde und widerstehe der Versuchung, eines erhaschen zu wollen. Man weiß ja, daß sie zum Anfassen nichts taugen.

Wenden und Kehren

Drei Wochen sind vergangen ohne Constanze. Was heißt ohne Constanze: In jeder Minute waren wir zusammen, da bin ich sicher. Ich denke, jeder weiß, was ich meine. Aber ganz abgesehen davon: Von einem Schulhof überblickst du einen Teil des anderen; so führte jede Pause zu einer Art Begegnung – mit ihr, aber auch mit mir, wie ich später erfahre. Du kannst deine Blicke nicht kontrollieren, du kannst nicht so tun, als gäbe es den anderen nicht.
Hinzu kommt noch:
Ohne besondere Überlegung gehst du natürlich Wege, die dich in ihre Nähe bringen: So sah ich sie am Bahnhof stehen – fern, aber ich sah sie. Vertragsbrüchig werden indes die anderen:
Herr Warich, ihr Trainer, steht plötzlich vor mir.
»Hallo, Martin!«
Mich durchfährt es sonderbar.
Alles, was mit Constanze zu tun hat, berührt mich heftig. Ich spüre, wie es in mir klopft und pocht; vielleicht werde ich sogar rot. Schon möglich.
»Tag, Herr Warich.«
»Hast du etwas Zeit? Wir können uns drüben in die Kneipe setzen. Oder warte mal: Mein Auto steht gleich um die Ecke. Bis zu mir nach Hause sind es weniger als fünf Minuten. Deine Mutter arbeitet doch – bei Gümpel & Co, soweit ich weiß...«
Das haben sie also schon herausgekriegt, denke ich, nicke aber, ohne den Gedanken weiter zu verfolgen.
»Ich habe Zeit.«
»Na also! Meine Freundin wird uns etwas zu essen machen, das geht fix. Du wirst Hunger haben nach dem Unterricht.« Er deutet auf meine Tasche. »War's denn anstrengend heute?«
»Es geht«, weiche ich aus; die Sache ist die: Die Mathe-

arbeit hatte ich versaut. Und das wenige Wochen vor Schulende! Bichsel, der Lehrer, hatte gesagt: »Wenn du in die Aufbauklasse des Gymnasiums willst, mußt du noch was drauflegen, Martin Kopaz. Aber es wird Zeit, nicht wahr?« Mit Ölle hingegen habe ich wieder Frieden geschlossen: Mein Referat über die Gewaltenteilung war Spitze. Auch sonst liege ich nicht schlecht: In Sprache und Aufsatz bin ich sogar der beste der Klasse – mit großem Abstand. Na ja: Und in meinem Wahlfach Kunst und Gestaltung läßt Frau Wenderowski mich inzwischen ganz selbständig arbeiten. Ihre Meinung: Martin findet seinen Stil allein ...

»So, da wären wir«, sagt Constanzes Trainer und bleibt vor einem blitzenden Sportwagen stehen. Er öffnet mir die Tür, ich zwänge mich hinein, versuche mit dem Anschnallgurt zurechtzukommen, er hilft mir. »Sekunde! Das haben wir gleich.«

Die Fahrt dauert zehn Minuten.

Seine Wohnung ist groß und ziemlich modern und poppig eingerichtet. In der Küche höre ich jemanden hantieren. Es riecht nach Essen.

»Janine?«

Eine junge Frau erscheint.

»Hallo!« sagt sie. »Du bist bestimmt Martin, unser kleiner Don Juan ...« Sie lächelt angenehm. »In wenigen Minuten ist die Pizza fertig. Ich hoffe, du hältst es noch solange aus. Willst du schon jetzt etwas trinken, Martin?« Ich verneine, fühle mich etwas unsicher.

Sie reicht mir die Hand.

»Na, dann setz dich erst einmal!«

Herr Warich rückt mir einen der knallroten Sitzsäcke aus Leder zurecht, ich sinke hinein und weiß für Augenblicke nicht, wohin mit den Händen.

»Zigarette?«

Erleichtert greife ich zu.

»Ja, danke.«

Schließlich sitzen wir uns gegenüber – Herr Warich und

ich; seine Freundin Janine ist wieder in der Küche. Die Zigarette schlägt mir auf die Brust, ich unterdrücke einen Hustenreiz.

»Ich habe gehört, daß du schöne Bilder malst?« beginnt Herr Warich das Gespräch, und ich muß gestehen, daß mich seine äußere Erscheinung ziemlich beeindruckt; die braune Haut mit tausend kleinen Falten, die ihn nicht alt, sondern sehr interessant machen, die weißen Zähne, die grauen Augen unter dichten, buschigen Brauen, die markante Stirn und das kräftige Kinn. Er ist mittelgroß und wirkt irgendwie asketisch. Aus der Ferne wirkte er natürlich noch jugendlicher, dafür aber weniger Respekt einflößend. Von nahem sieht man besser die grauen Strähnen, die sich durch sein schwarzes Haar ziehen, und den Gesichtsausdruck, der eine Strenge hat, die jungen Leuten fehlt. »Constanzes Vater sprach mit mir. Hast du Constanzes Bild schon fertig?«

»Nein, Herr Warich.«

Er winkt ab.

»Sag einfach Helmut zu mir! Ich heiße Helmut. Also: Ich kriege nicht mal einen geraden Strich auf die Reihe, ganz ehrlich. Habe immer die Leute bewundert, die sich hinsetzen und ohne Mühe Bäume, Häuser oder was weiß ich zeichnen. Dazu noch in Farben...«

Mir fällt nichts ein; er wird ernst.

»Gut, wir sind natürlich nicht hergefahren, um über Bilder zu reden. Kommen wir zur Sache: Es geht um Constanze...«

Plötzlich ist er nervös.

Als ich auch weiterhin schweige, wird er gereizt.

»Janine! Wie steht's?«

»Sofort, Helmut! Noch eine halbe Minute.«

Helmut Warich zieht flüchtig an der Zigarette, bläst eine dünne Wolke in die Luft. Ist er überhaupt Raucher? Nein, er drückt die angerauchte Zigarette im Aschenbecher platt.

»Machen wir es kurz, Martin: Ihr müßt euch wiedersehen

– Constanze und du. Ihr müßt zusammenbleiben... Ihr mögt euch doch!«

Das Theater ist beendet.

Die Requisiten werden überflüssig; auch ich drücke die Zigarette aus. Janine kommt mit den Tellern.

»Augenblick!« brummt Helmut Warich. »Warte noch zwei Minuten!«

Janine zuckt die Achsel und kehrt um.

»Also noch einmal – ganz langsam zum Mitschreiben«, betont der Trainer gallig: »Ihr sollt wieder zusammen, ihr müßt. Und ich will auch sagen warum: Wir haben das Problem unterschätzt.«

»Welches Problem?«

»Paß auf, Junge! Es ist niemandem damit gedient, wenn ich um den Brei herumrede: Ich hätte dich aus der Halle schmeißen sollen – damals, sofort! Und wir hätten Constanze mit dem Auto nach Hause fahren müssen, und ihre Eltern hätten sie fortan nicht mehr aus den Augen lassen dürfen. Das war ein Fehler, ich weiß. Aber er ist passiert und nicht mehr aus der Welt zu schaffen. Jetzt heißt es, die Scherben zusammenzukitten... Vielleicht wird noch was daraus.«

Angst erfaßt mich.

»Was ist mit Constanze?«

Er lächelt säuerlich und sagt:

»Keine Sorge, mein Sohn... Aus deiner Sicht läuft alles bestens: Constanze wird immer schlechter, scheint plötzlich sogar die Grundlagen des Turnens verlernt zu haben – die einfachsten Übungen. Dabei rackert sie wie ein Pferd, opfert sie sich auf... Nicht anzusehen, wie sie sich quält – vergeblich! Es wird nur noch schlimmer dadurch, weil sie sich verkrampft...«

In der Küche höre ich Teller klappern.

»Wann dürfen wir uns wiedersehen?« frage ich.

»Sofort«, sagt er. »Das heißt: So rasch wie möglich. Wenn du willst, heute abend schon. Constanze bekommt frei, und ihr könnt hingehen, wohin ihr wollt. Nur versprich

mir eines: Bring sie vor zehn wieder nach Hause! Ein Sportler braucht ausreichend Schlaf.«
Mein Gott, wie ist mir mit einem Mal!
Und er ruft:
»Janine! Die Pizza! Wo bleibst du denn?«

Zuweilen paßt alles zusammen, zumindest bildet man sich das ein: Ich weiß nicht, wann die Luft je so klar, der Himmel so blau gewesen ist wie heute. Es ist nicht zu warm, nicht zu kalt. Und die Schmetterlinge, die über den Blüten im Park flattern, flattern anders als sonst – ganz gewiß!
Es ist erst fünf. Seit vier sitze ich schon auf der Bank. Verabredet sind wir für sechs. Helmut Warich hat alles arrangiert.
Dann kommt sie den Weg herauf, auch viel zu früh.
Dann stehen wir uns gegenüber.
»Tag, Martin.«
Sie hat die zwei Zöpfe gelöst; und ich sehe, wie schön ihr Haar ist – lang, etwas lockig. Es umrahmt ihr blasses Gesicht und macht es weicher, ihre dunklen Augen noch größer, warum auch immer. Das alles ist unwichtig, doch ich nehme es begierig auf. Allzu lange mußte ich dieses Gesicht in meiner Phantasie neu malen, konnte ich es nur aus der Ferne sehen. Nun möchte ich es umfassen, in meine Hände nehmen, mit meinen Fingerspitzen ertasten, sage aber nur:
»Hallo, Constanze!«
Wir reichen uns nicht einmal die Hand.
Sie sagt:
»Bis neun darf ich ausbleiben.«
»Bis neun?« frage ich. Helmut Warich sprach von zehn; aber was soll man da aufrechnen – ob neun oder zehn, das ist jetzt völlig einerlei.
»Magst du Eis?«
»Schon«, antwortet sie lächelnd. »Aber du weißt ja:

Süßspeisen sind nicht drin. Es geht dabei nicht um mein Aussehen. Na gut: auch darum – aber in erster Linie um meine Gesundheit.«

Nun gehen wir nebeneinander – zuerst etwas schnell, doch allmählich beruhigen wir uns und finden das richtige Tempo.

»Um deine Gesundheit?«

»Ja. Hast du zuviel Gewicht, kann der ganze Halte-, Stütz- und Bewegungsapparat in Mitleidenschaft gezogen werden, verstehst du? Ganz zu schweigen von Unfällen, die dann eher drin sind. Auf dem Lehrgang vom Turnerbund haben wir einen Film gesehen. Was da alles passieren kann!«

Das leuchtet mir ein.

»Vor den Meisterschaften bringe ich ohnehin noch ein Kilo runter, damit ich während der Wettkämpfe nicht zu hungern brauche und nervös bin. Das machen die meisten so.«

»Bist du sehr aufgeregt vor einer Übung?«

»Bei Meisterschaften?«

»Zum Beispiel.«

»Und wie! Aber auf dem Gerät ist alles weg!«

»Richtig«, nicke ich und spüre, wie mich die Sache wieder zu packen beginnt: »Die Körperspannung! Die absolute Konzentration...«

»Stimmt. Während der Übung darfst du dich nicht ablenken lassen. Früher störten mich die Blitze der Fotografen noch. Heute sehe ich sie nicht mehr, sobald ich auf dem Balken stehe. Alles Trainingssache und Gewohnheit – vor allem: Wettkampferfahrung.«

»Wie fühlst du dich da oben? Wie ist dir zumute?«

»Mir? Ich muß mich ganz auf die Übung konzentrieren. Da bleibt mir keine Zeit für Gefühle... Allerdings: Wenn mir die Wertungsrichter ungerecht Punkte abziehen, ist mir zum Heulen zumute, ja.«

»Hast du Angst?«

»Nein. Vielleicht etwas... Früher hatte ich überhaupt

keine. Aber Herr Warich sagt immer: Mit dem Alter kommt mehr Angst hinzu. Aber das liegt oft auch nur daran, daß du eine Übung nicht absolut beherrschst... Da muß man halt noch mehr und härter arbeiten. Mit zunehmender Sicherheit verliert sich auch die Angst.«

»Bist du sicher?«

»Absolut.«

Constanze hat vor Eifer rote Wangen bekommen.

»Findest du die Geräte gemein?«

»Ja«, lächelt sie. »Die können ganz schön fies sein, klar. Aber wie gesagt: Wenn du das Training ernst nimmst, passiert nichts – jedenfalls nicht mehr als bei anderen Sportarten auch. Ich war noch nie im Krankenhaus.«

»Auch nie nahebei?«

»Das vielleicht. Aber es ist immer gutgegangen, weil ich die Ratschläge des Trainers beherzige – nie an Gewicht zunehme, hart trainiere und auch zu Hause meine Dehnübungen nie vernachlässige. Die ganze Familie achtet darauf.«

»Du übst noch zu Hause?«

»Nicht mehr so viel, weil ich ohnehin dauernd in der Halle bin, seit Herr Warich mich trainiert. Aber ganz ohne Heimarbeit geht es auch heute noch nicht. Ich betreibe Jogging. Und wie gesagt: die Dehnübungen, ab und zu Krafttraining...«

»Was tust du in der Freizeit?

»Da mache ich natürlich meine Hausaufgaben für die Schule. Aber erinnere mich nicht an die Schule: Gestern mußten meine Eltern hin... Wahrscheinlich muß ich das Jahr wiederholen. Wir wollen das riskieren: Die Meisterschaft geht vor, da sind wir uns alle einig. Notfalls wird Herr Weißkirch mir später eine Lehrstelle besorgen. Er hat es meinem Vater angeboten. Du siehst: Das ist alles geregelt.«

»Und sonst?«

»Was meinst du?«

»Was du sonst in deiner Freizeit machst.«

»Da bleibt nicht mehr viel, hin und wieder Handarbeit. Das beruhigt und entspannt.«

Wir erreichen die kleine Wirtschaft mit den Gartenstühlen und setzen uns. Constanze möchte Mineralwasser, ich trinke eine Cola.

Der See blinkt in der Sonne; und ich lege in die Augen Constanzes, die auf das Wasser gerichtet sind, so etwas wie Sehnsucht hinein. Ich frage: »Fährst du nie in Urlaub?«

»Als ich klein war«, antwortet sie, »waren wir einige Male weg: einmal nach Österreich, dann an die Nordsee. Auch in Italien waren wir; aber daran erinnere ich mich kaum noch. Seit ich gezielt Leistungssport betreibe, ist das nicht mehr drin: Setzt du zwei oder drei Wochen aus, ist der Trainingsrückstand nicht mehr aufzuholen... Und du kannst die Meisterschaft vergessen. Mutter sagt immer: Mit der Nationalriege wirst du rund um die Welt reisen. Außerdem: Du kannst später alles nachholen. Es geht dir nichts verloren. Das Leben ist lang, doch die Erfolgsleiter einer Turnerin relativ kurz: Mit achtzehn gehört man zum alten Eisen, sieht man von Ausnahmen ab. Ich kenne nur...«

Plötzlich ist es da.

Es kommt so überraschend über mich, daß ich nicht weiß, wie mir geschieht: Ich höre zwar, daß sie irgendwelche Namen von Turnerinnen nennt, eine Amerikanerin ist darunter; doch das alles bleibt nicht mehr in mir haften – nicht einmal für Sekunden. Ich nicke eine Weile mechanisch; dann höre ich mich fragen:

»Liebst du Blumen, Constanze?«

»Ich?«

»Ja. Liebst du sie?«

»Sicher. Warum nicht«, sagt sie hilflos und schaut mich unsicher an.

»Klar, liebe ich Blumen. Wer liebt sie nicht?«

»Hast du Tiere gern?«

»Auch. Ja. Unseren Hund, zum Beispiel, oder Pferde.«

»Warum?«

»Ich mag sie halt.«

»Und was hast du lieber: den Tag oder die Nacht?«

»Den Tag, ist doch logisch.«

»Regen oder Sonne?«

»Natürlich Sonne. Warum fragst du das alles?«

Ich weiß es selber nicht.

Auch ihre Antworten prallen von mir ab. Tief drinnen bewegen sie nichts. Es ist leer in mir – so leer mit einem Male, daß es mir nicht gelingt, irgendeine Belanglosigkeit zu erwidern oder mit einem Scherz auszuweichen. Ich schließe die Augen.

Sie fragt:

»Ist dir nicht gut, Martin?«

Erschreckt sehe ich sie an und ringe mir ein Lächeln ab.

»Nein, nein«, bringe ich dann hervor; aber damit hat es sich auch schon wieder. Im Augenblick ist es leer in meinem Kopf. Ich weiß nicht, ob du das kennst: Mit eigener Kraft ist da nichts zu machen, vermute ich. Zum Glück hat jemand für uns vorgesorgt, denn Constanze sagt:

»Vater meint, auf dem Altmarkt sei eine Kirmes. Ich bin schon Jahre nicht mehr Karussell gefahren ... Sollen wir hin?«

Das ist die Lösung.

Augenblicklich kehrt mein Verstand zurück, wenngleich ich noch etwas im Nebel stehe. Das heißt: Constanze sehe ich ziemlich klar.

Auf jeden Fall: Wir brechen auf. Unterwegs lasse ich mir einige Übungen erklären, die Constanze turnt. Auf der Kirmes mühe ich mich redlich, doch allmählich werden wir beide stiller. Um acht bringe ich sie nach Hause. Eine Weile stehen wir noch auf der Straße, reden wir dies und das und schauen verlegen aneinander vorbei; dann geht Constanze hinauf. Die ganze Nacht über versuche ich zu retten, was zu retten ist, indem ich mir jede Sekunde unseres ersten Beisammenseins ins Gedächtnis zurückrufe. Im Morgengrauen gebe ich auf. Und ich beschließe, am Nachmittag Constanzes Training aufzusuchen, um mich von ihr zu verabschieden – für immer.

Als ich die Halle betrete, ist das Training in vollem Gange: Der wortgewaltige ältere Übungsleiter betreut diesmal die Mädchen am Balken. Er heißt Willi Anderson, wie ich von Constanze erfuhr. Sein Blick, den er mir zuwirft, verrät gemischte Gefühle. Nur die junge Frau, Christa Bilke, eine Sportlehrerin, die die Jüngsten am Barren trainiert, lächelt mir zu. Ich erwidere diese freundliche Geste und setze mich.

Constanze übt Pferdsprung.

Das tut sie, wie sie mir sagte, weder besonders gern noch ungern. Im Prinzip geht es darum, mit einer optimalen Anlaufgeschwindigkeit vom Brett und einem kurzen, flach ansteigenden Flug mit Drehung zu einem Handstand auf dem quergestellten Gerät aufzusetzen, um in einer zweiten Flugphase schwierige akrobatische Elemente in der Luft durchzuführen und danach wie eine Eins auf der Matte zu stehen. Verständlich: Je höher man letzten Endes hinauskommt, um so mehr Zeit verbleibt für die Akros, wie man hier in der Halle sagt. Aber das ist nicht allein das Problem: Was aus dem Sprung wird, entscheidet sich schon auf dem Sprungbrett, ja, sogar davor, wie mir der Trainer erklärte. Und: Der Trend geht dahin, schon vor dem Absprung eine Bodenübung vorzulegen, etwa eine Radwende.

Ich glaube, über dreißigmal höre ich es krachend donnern, wenn Constanze vom Sprungbrett abhebt, über dreißigmal wirbelt sie durch die Luft, über dreißigmal bändigt sie den ungeheuren Druck nach der Landung, um zu stehen. Oder waren es vierzigmal? Ich habe ab zwanzig nicht mehr gezählt. Und der Trainer ruft: »Lächeln, Constanze!« Ach ja: Auch nach fünfzig Sprüngen dürfen Muskeln keine eigenen Wege gehen: Körperspannung! Und zum

Lächeln sind Muskeln nötig. Und plötzlich ist eine Frage da: Wer – bei Gott! – denkt sich so etwas aus? »Steh!« ruft der Trainer. »Hände hinter die Ohren, Constanze!« Und immer wieder: »Spannung!« Und: »Lächeln!«

Einmal kommt er zu mir.

»Es ist zum Kotzen«, sagt er und deutet mit dem Kopf hinüber zu Constanze, die noch kein einziges Mal zu mir herübergeschaut hat und erneut Anlauf nimmt. »Sie macht immer die gleichen Fehler. Da, sieh dir das an: Der Drehimpuls um die Breitenachse ist zu gering, weil sie zuvor das Schwungbein hochreißt. Das dürfte längst nicht mehr passieren. Aber sie hat alles verlernt in den drei Wochen... Constanze!« Er rennt los. »Constanze, weshalb...«

Ich hatte genickt, verstand aber kein Wort. Nicht jedem ist sogleich klar, was Drehimpulse um die Breitenachse sind, Yamashitas, Wenden und Kehren!

Einige Male verläßt Constanze die Halle.

Ich weiß nicht warum.

Als sie das Gerät wechseln, zu den Barrenübungen kommen, sind sie mir näher. Kurz vor mir steht der dreibeinige Behälter mit dem Magnesium. Das ist Pulver, mit dem sich die Turnerinnen die Hände einreiben – zur Steigerung der Griffigkeit, vermute ich. Von Zeit zu Zeit kommt Constanze herüber und greift in den Behälter. Sie schaut mich nicht an dabei und dreht mir – während sie die Hände walkt – den Rücken zu. Zuweilen hustet sie etwas, zucken ihre Schultern, greift sie zu einem Taschentuch. Sie ist erkältet.

Wieso trainiert sie dann?

Immer häufiger tauchen jetzt solche Fragen auf, ziemlich sachlich, gar nicht persönlich. Seit gestern ist das möglich. Noch mehr: Ich rieche wieder den Schweiß in der Halle, sehe die nassen, dunklen Flecken zwischen Constanzes Schulterblättern, höre ihr Keuchen und Schnaufen, wenn sie mir nahe ist, denke über das Unbehagen nach, das eine Erkältung unter diesen Umständen bereiten muß.

Nur bei der Bodenkür unterliege ich für Augenblicke dem alten Zauber – die Musik, Constanzes Gesten, dem Tanz nicht unähnlich, ihre Anmut und Kraft, all dies zieht mich wieder in den Bann. Doch dann gleitet Constanze an einer Mattenkante aus. Sie fällt hin – ungeschickt, ja, geradezu lächerlich, banal. Eine Weile hockt sie da, das Fußgelenk mit beiden Händen umspannt. Dann hinkt sie hinüber zum Ausgangspunkt ihrer Kür. Trainer Warich spult das Band zurück; und wieder geht es los. Ich sehe deutlich, wie Constanze die Zähne zusammenbeißt. Nein, sie hört auf.

Dann sitzt sie auf der Bank, keine fünf Schritt von mir entfernt. Sie hat offensichtlich ihr Wettkampfstoffmaskottchen bei sich – einen ziemlich abgegriffenen, weichen Boxerhund. Zu dem Zeitpunkt weiß ich natürlich noch nicht, daß es für Constanze ungewöhnlich ist, ihn zum Training mitzubringen. Sie hält ihn im Arm, während Helmut Warich ihren Fuß mit Spray aus einer Dose bearbeitet. Man legt Constanze eine Jacke über. Ich rühre mich nicht vom Fleck.

Kurz bevor Constanze weitermacht, treffen sich unsere Blicke – für Bruchteile von Sekunden vielleicht. Das verursacht in mir einen leisen Schmerz – ganz tief drinnen. Aber ich bezwinge ihn.

Auch heute trainiert Constanze länger als die übrigen. Um halb acht allerdings stehen Männer vor der Tür – Handballer. Sie beginnen, in der freien Hallenhälfte ein kleines Tor zu montieren.

»Schluß für heute!« ruft Helmut Warich endlich und bittet die Spieler, ihm beim Abbau und Forträumen des Schwebebalkens zu helfen. Als Constanze weg ist, winkt er mir zu und sagt gedämpft: »Los, Martin, geh zu ihr, und nimm sie in die Arme! Sag ihr was Nettes! Sie hat's bitter nötig heute. Na los!«

Mir ist das gar nicht recht.

Ich hatte mich vor der Halle von ihr verabschieden wollen. Dennoch gehe ich zum Umkleidetrakt der Frauen. Es ist sehr still dort, die Tür ist geschlossen. Ich klopfe an und rufe:

»Constanze?«

Sie antwortet nicht.

Behutsam öffne ich die Tür einen Spalt.

»Constanze? Ich bin es. Martin.«

In diesem Augenblick entdecke ich sie.

Sie hockt in der hintersten Ecke auf der Bank, den Stoffhund im Schoß. Die Ständer mit den Haken für die Kleider sind leer; deshalb sehe ich sie. Langsam gehe ich zu ihr.

»Ich möchte mich von dir verabschieden.«

Leise antwortet sie:

»Ich weiß. Es ist aus...«

Ich setze mich auf die Bank vor ihr.

»Was macht dein Fuß?«

Sie winkt ab, lächelt und zieht in der Nase, die vom Schnupfen gerötet ist. Sie sucht ein Taschentuch, ich reiche ihr meines.

»Das kommt schon mal vor«, sagt sie nun lauter. »Es schmerzt gewöhnlich anfangs sehr, ist aber nicht weiter schlimm. Nur die Bänder dürfen nicht durch sein. Das ist schrecklich.«

»Du bist erkältet?«

»Etwas. Melanie hat mich angesteckt. Sie war mit ihrem Freund schwimmen und hat sich am Abend unterkühlt – und das im Sommer!« Sie hustet. »Aber man kann sich nicht vor allem schützen. Außerdem geht's rasch vorbei.«

Constanze spricht wie immer viel und schnell.

Ich frage:

»Was nun?«

»Was nun? Was meinst du?«

»Wie es jetzt weitergeht mit dir.«

»Mit mir?« Abermals lächelt sie und schaut mir dabei offen in die Augen. »Wie soll's weitergehen? Ich werde weiter arbeiten, arbeiten und nochmals arbeiten! Und

dann werde ich deutsche Meisterin in meiner Leistungs-
klasse. Dann komme ich sicher in die Nationalriege ... Ja,
und dann werde ich viel reisen, um die ganze Welt – bis
New York oder Tokio. Vielleicht qualifiziere ich mich
irgendwann für die Olympischen Spiele ... Das wäre
mein größtes Glück.«
Während sie spricht, betrachte ich sie in aller Ruhe, denn
sie hat den Kopf abgewandt: So klein und schmal ist sie
mir noch nie erschienen, blutleer und ohne Leben, ausgesprochen mager sieht sie aus. An ihren weißen, sehnigen
Beinen sind blaue Flecke, und überall sehe ich das Magnesium-Pulver, selbst in ihrem blassen Gesicht, das dadurch
noch ausgezehrter und kränklicher wirkt.
»Es ist gut, daß wir uns trennen«, höre ich sie sagen. »Jetzt
kann ich mich wieder ganz auf das Training konzentrieren. Beides geht eben nicht. Und wir haben noch eine
Menge Schwierigkeiten vor uns: der Kasamatsu-Sprung
ist noch nicht sauber, und am Boden gelingt mir nach
Radwende und Flick-Flack der Doppelsalto mit der zu-
sätzlichen Drehung, wie Herr Warich es fordert, noch
immer nicht astrein. ›Wie eine flügellahme Taube siehst du
aus‹, sagt der Trainer immer.«
Constanze kichert.
Ich spüre Zugluft.
Die obere Fensterreihe ist geöffnet, ebenso die Ausgangs-
tür. Constanze zittert; auf ihrem Unterarm bemerke ich
Gänsehaut.
Ich muß fort, unbedingt.
Ja, ich darf keine Sekunde mehr bleiben.
Hastig erhebe ich mich und eile zur Tür, von dort schaue
ich zurück. Als erstes sehe ich die dunklen Augen, dann
ihren Mund, der lächelt. Von hier aus gleitet mein Blick
hinab zu diesen großen Händen, die sich in den Stoffhund
krallen. Ich kehre um, nehme Constanze in meine Arme
und halte sie ganz fest.

Turnen ist kein Kinderspiel

Mit einem Mal ist die Welt wieder in Ordnung: Constanze zeigt, was sie kann! Schon nach einer Woche nimmt mich der Trainer zur Seite und sagt: »So gut war sie noch nie! Aber das heißt noch nichts: Trainingseffekte können insbesondere bei jungen Menschen relativ rasch wieder verlorengehen. Sie ist jetzt enorm motiviert – durch dich, Martin, verstehst du! Und an dir liegt es, ob es so bleibt. Du bist also mein wichtigster Mitarbeiter, ein entscheidender Faktor in meinem Trainingskonzept, obwohl noch vor zwei Wochen nichts von dir in dem festgelegten Jahresplan stand. Das ist verständlich. Hör zu: Die Vorbereitungsperiode ist für Constanze längst abgeschlossen; wir stecken mitten in der Wettkampfphase. Das bedeutet: Die Pflichtübungen an jedem Gerät sind quasi bewältigt und müssen jetzt nur noch weiter eingeschliffen werden – bis zur Perfektion! Die Kür steht soweit, alle neuen Übungsteile sind integriert, verstehst du? Im wesentlichen wird da nichts mehr geändert. Nur: Da sind noch etliche Macken – Kleinigkeiten eigentlich, doch sie kosten Punkte. Und wenn eine Turnerin von einem kleinen Verein kommt, sind die Kampfrichter auf Bundesebene doppelt pingelig. Wir haben das oft zu spüren bekommen! Aber was rede ich: Es gilt nun, Constanzes augenblickliches Leistungshoch nicht nur bis September zu erhalten, sondern – wie man sagt – zu optimieren. Sie muß auf den Punkt genau, das heißt, zu den Wettkämpfen, ihr Leistungsoptimum erreichen. Ich sage es frei heraus, Martin: Leistungsoptimierung ist für mich nur ein anderes Wort für Erfolgsmaximierung. Ich bin kein Träumer, kein Spinner: Das Mädchen steckt ihr ganzes junges Leben in diesen Sport, dafür soll sie am Ende Erfolge sehen – national, international! Das sind wir ihr schuldig, weiß der Himmel!«

Es war eine lange Rede.

Aber Helmut Warich ist noch nicht fertig:

»Ich betreibe die Sache professionell – oder gar nicht! Dafür werde ich bezahlt, gut bezahlt. Und das erwarten sie von mir: Weißkirch, der Verein, Constanzes Eltern, die Stadt, die uns mehr Hallenzeit einräumt als allen anderen, die hiesigen Zeitungen, der Turnverband, am Ende gar die Nation. Sie alle brauchen auf ihre Weise unsere Constanze, warum sollen wir uns da was vormachen! Ich spreche so offen zu dir, weil wir jetzt Partner sind: Ich sorge dafür, daß es außen hinhaut, und du sorgst dafür, daß es innen stimmt bei Constanze. Beide wollen wir ihr Glück. Du weißt, was ich meine.«

Ja, ich weiß es.

»Auf eine gute Zusammenarbeit!«

Nun ja...

»Also: Bei Constanze müssen wir im Bereich der körperlichen Anforderungen noch etwas drauflegen. Ich will dir das erklären: Jede Leistungssteigerung des Körpers geschieht durch Überkompensation. Darauf beruht das Prinzip des Trainings. Mit anderen Worten: Belastest du den Körper in besonderer Weise, kommt es durch den Kraft- und Energieverbrauch erst mal zu einer Ermüdung, die die Leistungsfähigkeit zunächst sogar herabsetzt. Allerdings ist diese Erschlaffung gerade der entscheidende Reiz für den Organismus, die verbrauchten Kräfte während der Erholung nicht nur zu erneuern, sondern sogar noch über die ursprüngliche Leistungsfähigkeit hinaus zu steigern. Verstehst du: Fast alle Übungsreihen im Turnen richten sich nach dieser Erkenntnis. Denn: Kraft ist neben der Gelenkigkeit nun einmal der entscheidende Faktor beim Geräteturnen, Martin. Während Constanzes Gelenkigkeit inzwischen nahezu optimal ist, hapert es bei der Kraft doch noch etwas. Etliche Unsauberkeiten haben hier ihre Wurzel. Halte dir also meinetwegen die Augen zu, wenn du meinst, daß ich Constanze zu hart rannehme. Sie will es, glaube mir! Sie akzeptiert den Leitspruch:

Belüge dich nicht selbst! Und sie weiß, was das heißt: arbeiten, arbeiten und nochmals arbeiten! Nur so stehst du dann mit sechzehn, siebzehn auf dem höchsten Treppchen und hast die Herzen von Millionen Fernsehzuschauern bei Olympischen Spielen auf deiner Seite!«

Zum erstenmal lacht er aus allen Falten.

»Zurück zu dir, Martin: Menschen wie Constanze, die gelernt haben, nie halbe Sachen zu machen, werden sich auch im täglichen Leben so verhalten: Wenn sie dich lieb hat, dann ganz.«

Soweit also Helmut Warich, der Trainer. Ich habe eine Menge Fragen, aber ich schweige noch. In einem sind wir uns einig: Es geht um Constanzes Glück! Und dafür werde ich arbeiten, arbeiten und nochmals arbeiten! Auch seinen Leitspruch will ich beherzigen und mich nicht belügen, nie wieder! Im Augenblick jedoch habe ich ein anderes Problem: meine Mutter. Man sieht ihr an, daß Bärbel Hallscheit im Büro keine Ruhe gibt. Und ich denke mir: Um so mehr wird sie von Lido di Dante bei Ravenna träumen, von einem Abstecher nach Venedig – für sie, wie sie sagt, die schönste Stadt der Welt. Mir ist gar nicht gut; aber ich muß es tun.

Es ist Sonntag. Um drei treffe ich Constanze. Wir wollen zur Disko im Schloß. Das Jugendamt hat die Veranstaltung organisiert. Ein bekannter Diskjockey soll da sein; ich kenne ihn nicht, kenne mich sowieso kaum aus in solchen Sachen. Doch das soll sich ändern. Ich will nicht mehr nur in meinen vier Wänden träumen, will raus ins Leben. Und Constanze soll mit.

Noch stehe ich vor der Staffelei und lausche.

Der Fernseher läuft. Die Vierzehn-Uhr-Nachrichten beginnen. Ich habe angefangen, mit Tempera vorzumalen – grobe Umrisse, pastellartige Flächen zur Orientierung. Die Farben sind noch hell, doch dunkler als geplant.

Vielleicht entsprechen sie meiner Stimmung. Ich lege die Pinsel fort.

Es muß jetzt sein; ich kann es nicht länger hinausschieben. Mutter liegt auf der Couch, blättert in Urlaubsprospekten. Auch das noch. Eine Weile sehe ich fern.

Dann frage ich:

»Sind die von Italien?«

Ich deute auf die Prospekte; sie schiebt sie beiseite und setzt sich hin.

»Ja. Stundenlang könnte ich darin blättern. Aber das ist noch gar nichts gegen die Wirklichkeit. Als das Fährboot nach einer traumhaften Fahrt auf dem Canale Grande in die Lagune hinausfuhr, da hat Vater gesagt: ›Es gibt nichts Vergleichbares auf dieser Welt.‹ Weißt du: die strahlende Sonne, das blaue Meer... Dazu die malerischen Farben der Palazzi, die weißen Brücken, die Gondeln... Vater wollte nur noch Venedig malen, als er nach Hause kam. Aber alle Bilder hat er angefangen, nie zu Ende gemalt. Immerzu war er unzufrieden: ›Das ist es nicht‹, hat Vater gesagt. ›Es fehlt die Leuchtkraft...‹ Dann dies, dann das. ›Wenn mein Lebenswerk je fertig werden soll, müssen wir noch mal hin – wenn der Junge groß ist.‹ Du warst damals gerade geboren. Soll ich Kaffee machen?« Sie erhebt sich.

Ich sage:

»Warte, Mutter! Ich muß mit dir sprechen.«

»Ich will wenigstens schon das Wasser aufsetzen, Martin. Worum geht's denn?«

Ich warte, bis sie in der Küche ist, und denke: Vielleicht fällt es mir leichter zu sprechen, wenn ich ihr Gesicht nicht sehe. Aber dem ist nicht so. Erst als sie wiederkommt, ein wenig Kuchen mitbringt und Tassen und Teller auf den Tisch stellt, überwinde ich meine Skrupel: »Ich fahre nicht mit nach Italien.«

Mutter setzt sich.

»Sag das noch einmal, Junge!«

»Ich kann nicht. Ich muß bei Constanze bleiben. Ich

darf sie jetzt nicht im Stich lassen. Sie braucht mich. Es tut mir leid.«

Ich wage nicht aufzuschauen.

Plötzlich lacht sie los und sagt:

»Weißt du Bursche denn nicht, daß du mir damit einen großen Gefallen tust?«

»Ich? Wieso?«

»Nun, weil ich dann auch hierbleibe.«

»Aber ...«

»Seit über drei Wochen grübele ich nach, wie ich es dir beibringen soll, daß ich eigentlich nicht fahren dürfte – wegen Bärbel Hallscheit. Aber dann habe ich mich dazu durchgerungen, die Reise deinetwegen doch zu machen. Schließlich weiß ich, was Italien einem malenden Menschen bedeutet. Wenn ich allein an Vater denke ...«

»Was hat Bärbel Hallscheit mit Italien zu tun?« frage ich erleichtert und doch verwundert. »Fährt sie etwa auch nach Lido di Dante?«

»Unsinn. Sie fährt eben überhaupt nicht in Urlaub. Auch der Chef nicht. Sein Entschluß kam ziemlich überraschend für mich. Aber sag doch selbst: Kann ich die Hallscheit im Augenblick mit dem Chef allein lassen – dazu als meine Vertretung? Noch bin ich die Chefsekretärin, so sehr sie ihre Trümpfe mit den Computerkenntnissen auch ausspielt. Wenn sie aber erst auf meinem Sessel sitzt ... Da kann ich bald meine Papiere nehmen, zumal sie in der Firma ohnehin immer mehr Leute einsparen – dank dieser blöden Computer!«

Das Kaffeewasser pfeift, und Mutter geht wieder in die Küche. Es ist zwanzig nach zwei. Ich nehme ein Stück Kuchen; es wird langsam Zeit.

Constanze ist nicht allein. Olaf, ihr Bruder, ist mit dabei – eine Art Wauwau zum Aufpassen, so mein erster Gedanke. Er bietet uns an, uns zum Zoo in der Nachbarstadt zu bringen. Er steht neben seinem Auto, ist offenbar schon achtzehn. Ich denke, ich höre nicht richtig. Seine Erklärung:

»Da ist es nicht so laut. Und ihr könnt euch viel besser unterhalten. Außerdem ist frische Luft dort, kein Zigarettenqualm oder Bierdunst.«

Jetzt begreife ich:

Die Disko ist es, die der Familie nicht behagt! Ich sehe sie beisammensitzen, aufgeschreckt, beunruhigt.

»Soweit ich weiß«, erkläre ich ruhig, »werden keine alkoholischen Getränke ausgeschenkt. Und am Tabakqualm erstickt man nicht gleich. Constanze und ich gehen zur Disko, wie abgemacht.«

Er spielt mit dem Autoschlüssel, der leise klimpert. Einige Sekunden sehen wir uns an und wissen sofort, daß wir keine Freunde werden.

Constanze berührt sanft meinen Arm.

»Olaf meint es gut, Martin. Vielleicht ist der Rauch wirklich schädlich für mich, wie Mutter sagt. Vielleicht ist frische Luft für mich jetzt nötig, wo wir in der Wettkampfphase stecken. Es muß ja nicht der Zoo sein. Olaf könnte uns...«

Ich gehe los. Constanze folgt mir widerstrebend.

Olaf Hilgers besteigt sein Auto, zockelt im Schrittempo nebenher. Was er sich davon verspricht, weiß ich nicht. Ich kümmere mich nicht um ihn; nur Constanze schaut ab und zu besorgt zur Seite.

»Martin! Er meint es wirklich gut...«

»Ich weiß: Alle meinen es gut mit dir. Auch ich. Du kannst dich entscheiden. Du bist vierzehn, bald fünfzehn. Da kann man einfach stehenbleiben und sagen: Bis hierher und nicht weiter! Niemand kann dich zwingen. Los, tu es! Tu es doch!«

Nein, sie tut es nicht. Aber sie sagt:

»Sie haben so viel für mich getan, Martin. Keiner ist in Urlaub gefahren die ganze Zeit – meinetwegen. Und niemand raucht, alle essen sehr kalorienbewußt und leben ziemlich spartanisch und zurückgezogen – für mich! Ich darf sie nicht enttäuschen.«

»Dann enttäusche sie nicht und bleib stehen! Du bist keine

Puppe an Fäden! Erkenne doch endlich: Du bist dein eigener Herr in vielen Dingen!«

Und dann bleibt sie wahrhaftig stehen.

Mir stockt fast der Atem – vor Freude, vor Schreck, ich weiß es nicht. Ich gehe noch immer, und sie bleibt zurück. Jeder Schritt wird mir zur Qual, aber es reicht noch nicht. Ich muß weiter. Als ich mich endlich umwende, ist sie schon weit entfernt. Sie steht unverändert da, den Blick mir zugewandt. Das Auto hält unmittelbar neben Constanze. Olaf Hilgers steigt aus, geht auf seine Schwester zu, nimmt ihren Arm; doch sie stößt ihn weg, dreht sich um und läuft in die entgegengesetzte Richtung davon.

Ich renne ihr nach, vorbei an dem verdutzten Bruder, der mir irgend etwas zuruft. Vor einer Ampel erreiche ich Constanze und sage leise: »Komm! Wir fahren zum Zoo.«

Sie hat etwas geweint, ihre Augen sind rot. Aber sie schüttelt heftig den Kopf.

»Ich möchte jetzt allein sein.«

Die Ampel zeigt Grün.

Constanze überquert die Fahrbahn.

»Ich warte auf dich am Schloß!« rufe ich ihr nach.

Hat sie mich verstanden?

Ja, um sechs kommt sie auf mich zu. Ich sitze auf der Mauer vor dem alten Wasserschloß und bin erleichtert.

Der Schloßkeller ist gerammelt voll. Kein Tisch ist frei. Doch das macht nichts: überall kann man hocken, auf den Stufen, auf den Fensterbänken, sogar auf dem Boden. Aber man sitzt ohnehin kaum. Der Raum ist abgedunkelt, die Partybeleuchtung zuckt, manchmal wird es stockfinster, oft auch gleißend hell. Ja, die Luft ist verqualmt, die Musik dröhnend laut. Unterhaltung ist nicht drin. Warum auch: Wir tanzen.

Zuerst zappele ich wie ein Verrückter herum – ohne Bezug zu den Klängen, dann zieht mich der Sound doch rein, ist mein Kopf voll von dem elektronischen Getöse. Plötzlich mag ich das. Constanze ist sofort drin, man sieht es ihr an.

Ganz außer sich gerät sie zuweilen. Und in ihrem Gesicht, das dann und wann grell aufleuchtet oder in dem gelbe, rote und blaue Farben flimmern und blitzen, bemerke ich einen Zug, den ich nicht kenne. Aber vielleicht ist das nicht wahr, bilde ich mir das alles ein – nur, weil ich es glauben will.

Um acht müssen wir raus. Wir sind schweißnaß, um so angenehmer erscheint uns draußen zunächst die Kühle. Wir bleiben im Schloßpark – gehen an der Gräfte entlang spazieren, später tiefer in den Forst hinein. Dabei lege ich meinen Arm um sie. Niemand begegnet uns an diesem grauen Abend. Es sieht nach Regen aus; Wind kommt auf.
Constanze ist schweigsam.
Das ist verständlich; dennoch beunruhigt es mich, weil es irgendwie nicht zu ihr paßt. Aber auch ich weiß nicht recht, was ich sagen soll. Der Wind wird stärker, und bald beginnt Constanze in ihrer Bluse mit den kurzen Ärmeln zu frieren. Ich lege ihr meine dünne Sommerjacke über.
»Soll ich dich nach Hause bringen?«
»Nein, es geht schon. Danke.«
»Du könntest dir eine wärmere Jacke holen.«
»Nein, wirklich. Ich möchte noch nicht nach Hause.«
Sie sagte es so, daß ich aufhorche.
»Hast du Angst?«
»Wovor?«
»Nach Hause zu gehen?«
»Unsinn«, sagt sie rasch. Sie kuschelt sich an; und ich drücke sie fester an mich. »Nur: Seit du da bist, ist halt alles anders. Alle sind nervös – irgendwie, Vater ist stiller, Mutter redet mehr – immer dasselbe: Daß sie mit vierzehn noch keinen Freund gehabt habe . . . Das sei so eine Mode. Was Liebe ist, könne man erst beurteilen, wenn man älter und reifer sei . . .«
»Und? Glaubst du ihr?«

»Ich weiß nicht.«
Es dämmert.
Ich streichele ihren Arm durch die Jacke; und sie wird ganz still und zittert nicht mehr.
Irgendwann sage ich:
»Ich denke immer an dich, wo ich auch bin.«
Sie sagt:
»Ich auch.«
»Auch auf dem Balken? Am Reck?«
»Immer.«
»Aber das geht doch nicht.«
»Das geht.«
»Wenn du übers Pferd springst?« lache ich.
»Das geht.«
»Bei der Bodenkür?«
Jetzt lacht sie:
»Es geht! Es geht!«
Ich fahre mit der anderen Hand über ihre Wange, dann spiele ich mit ihrem Haar, dann mit ihrem Ohr.
Wieder ist sie sehr still.
Aber auch ich möchte am liebsten nicht mehr atmen.
Plötzlich bleibt sie stehen.
Sie legt sich zurück in meinem Arm und schaut zu mir herauf. Es ist schon ziemlich düster unter den Bäumen; doch in ihren großen Augen scheint es zu blitzen, als sie ganz leise sagt:
»Nächsten Sonntag hole ich einen Meistertitel – nur für dich! Hörst du: Der ist nur für dich! Ich bekomme eine Urkunde, die hängst du dir zu Hause an die Wand. Und wenn du sie anschaust, sagst du immer: Es geht!«

Das war kein Scherz: Als ich am Montag in die Halle will, fängt mich im Umkleideraum der Männer Willi Anderson ab. Und der ist auf hundertneunzig:
»Da bist du ja! Hör mir erst zu, ehe du reingehst! Der Trainer tobt, will die Brocken hinschmeißen! Weißkirch

war schon da, ihr Vater – nichts zu machen! Sie sagt immer nur: Ich will! Ich bin mein eigener Herr! Jetzt bist du unsere letzte Hoffnung. Red ihr den Unsinn aus, Junge!«

»Welchen Unsinn?«

»Sie will an der Gaumeisterschaft teilnehmen!«

Ich zucke die Achsel, verstehe die Aufregung nicht.

Er brüllt:

»An der Gaumeisterschaft, Mann!«

»Ja und?«

Erst jetzt geht ihm wohl auf, daß ich keine Ahnung habe. Er setzt sich vor mich auf die Bank, kneift sich zur Beruhigung in die Augenhöhlen und fängt zum Glück bei Adam und Eva an:

»Hör zu!« Seine Stimme wird leiser. »Wir hatten das schon mal – damals mit Melanie, du kennst sie nicht. Wir melden sie zur Landesmeisterschaft, sie will unbedingt noch bei den Gaumeisterschaften turnen – aus Jux und Dollerei oder um vor heimischen Bekannten mit ihrem Können zu protzen, was weiß ich. Jedenfalls: Sie nimmt das alles zu lax, ist unkonzentriert. Nach einem Salto landet sie falsch – vorbei! Die Bänder sind durch! Dafür haben wir mit ihr gekrückt – ein ganzes Jahr lang! Die Teilnahme an der Meisterschaft auf höherer Ebene war dahin! Und unser Stadtanzeiger schrieb zu allem Überfluß noch was von den Gefahren beim Kinderturnen! Pah!«

»Muß man die Gaumeisterschaften nicht mitmachen?«

»Nein. Sie haben keinen Qualifikationscharakter wie die übrigen. Weißt du, sie sind wichtig für den Nachwuchs vor allem. Deswegen arbeiten wir – Frau Bilke und ich – im Augenblick auch wie besessen: Die jungen Leute holen sich ihren Meistertitel oder einen guten Platz, bekommen eine Urkunde und sind motiviert, weiterzumachen. So haben alle mal angefangen, auch Constanze. Aber du siehst ja selbst ein: Jetzt hat sie dort nichts verloren. Nebenbei vergrault sie Claudia Bachmann, die fest mit dem Achtkampftitel rechnet. Sie turnt in einem Nachbarverein, zu dem wir gute Beziehungen haben und der uns mit Leuten aushilft, wenn wir mal die Wettkampfriege nicht voll kriegen. Doch aus einem unerfindlichen Grund will Constanze nun zum Gauturnen! Fragst du sie warum, sagt sie immer nur: Ich will! Ich bin mein eigener Herr.«

»Ist sie's denn nicht?«

»Jetzt fang du auch noch an! Natürlich ist sie's – in bestimmtem Umfang. Doch wer weiß denn mit vierzehn schon, was letzten Endes für ihn gut ist? Denk nur an Melanie Küppers, von der ich sprach!«

»Was ist aus ihr geworden?«

»Aufgehört hat sie.«

»Wegen der Bänder?«

»Nun, das sagt sie. Nein, der Titel auf nationaler Ebene, den sie selbst verpatzt hat, wäre mit Sicherheit ihr letzter gewesen, was uns alle tröstet: Plötzlich schoß sie in die Höhe, wie das halt so gehen kann während der Pubertät. Und über eines müssen sich die Mädchen im klaren sein: Der Prototyp einer Turnerin ist nun einmal das fünfzehn bis siebzehn Jahre alte Mädchen, das nicht mehr als vierzig Kilogramm schwer und höchstens einsfünfzig groß ist. Alle anderen kannst du nach internationalem Maßstab heute vergessen. Dafür investierst du keine Mark mehr. Ist doch klar.«

»Melanie Küppers wurde also abgeschoben. Verstehe ich das richtig?«

»So kannst du das nicht sagen! Natürlich: Keine vernünftige Firma steckt in ein Projekt, das bereits gestorben ist, Geld hinein! Und Weißkirch wär ja bescheuert, wenn er einen Top-Trainer wie Helmut Warich weiterhin auf Melanie Küppers ansetzt. Darüber braucht man wohl nicht zu diskutieren... Aber Melanie hätte durchaus bei mir weitermachen können: Für unsere Mannschaft wäre sie Gold wert.«

»Und wenn Constanze plötzlich wächst?«

»Das ist unwahrscheinlich: Ihre Eltern sind recht klein. Noch einmal wollten wir keine Pleite erleben.«

»Hm, Constanzes Bruder Olaf ist fast so groß wie ich. Das zeigt doch ...«

»Das zeigt gar nichts!« poltert Willi Anderson und erhebt sich. »Olaf ist ein Junge, Constanze ein Mädchen. Da vertrauen wir mal besser auf den lieben Gott. Er hat die Menschen in das schwache und das starke Geschlecht aufgeteilt. Er wird wissen warum! Nach dem Training bringst du Constanze nach Hause. Und zu dem, was du ihr verklickern wirst, brauchen wir keinen lieben Gott. Dazu reicht das starke Geschlecht ...« Er grient schmierig und boxt mir in die Seite.

Constanze ist wieder etwas erkältet; das macht mich nervös. Vielleicht bin ich auch ein wenig zu empfindlich – als Einzelkind und Sohn einer Frau, die ihren Mann durch Krankheit verloren hat, zu verzärtelt. Für mich waren Erkältungskrankheiten zumindest stets eine Sache, die mein Leistungsvermögen stark herabsetzten, mich müde und zerschlagen machten. Na gut, ich halte mich zunächst noch zurück, als Trainer Helmut Warich Constanze immer und immer wieder auf den Schwebebalken schickt. Irgend etwas stimmt da nach einem Salto rückwärts nicht, obwohl ich – als Laie – nichts bemerke. Als Constanze jedoch wieder einmal hüstelnd und schnupfend, dazu mit roter Nase und glänzenden Augen an mir vorbei im Umkleidetrakt der Frauen verschwindet, ist es mit meiner Beherrschung vorbei.

Ich frage den Trainer:

»Meinen Sie nicht, daß es für heute reicht?«

Ich sieze ihn immer noch; und ich habe den Eindruck, daß er das trotz seines Duz-Angebotes von mir erwartet.

»Eh?«

Er kramt gerade in seiner Sporttasche.

»Sie ist erkältet, Herr Warich.«

Jetzt hat er gefunden, was er sucht. Er richtet sich auf und sagt:

»Hat Anderson mit dir gesprochen?«

»Ja.«

»Und?«

»Was meinen Sie?«

»Nun: Hast du mit der verrückten Idee was zu tun?«

»Er hat mich nicht danach gefragt«, weiche ich aus. »Ich soll mit Constanze darüber sprechen – nach dem Training.«

»Gut, dann tu das!«

Er will zu Willi Anderson hinüber, ich rufe:

»Und die Erkältung?«

Ganz langsam dreht er sich um und kommt zurück.

»Jetzt hör mir mal schön zu, mein Junge: Turnen ist kein Kinderspiel, verstehst du? Ich dachte, ich hätte dir das neulich deutlich gemacht: Turnen ist harte Arbeit – zumindest, wenn dabei was herauskommen soll. Hast du je gehört, daß jemand wegen eines Schnupfens und leichten Hustens von der Arbeit fern bleibt – etwa deine Mutter? Gümpel & Co hätte sie längst gefeuert. Und ihr müßtet von der Fürsorge leben. So sieht das aus. Aber eine solche Erkenntnis darf man von einem jungen Mann, der von den Groschen seiner Mutter lebt, noch nicht erwarten. Auf jeden Fall: Jetzt weißt du's!«

Das tut weh. Und irgendwie schäme ich mich plötzlich. Ich glaube, ich laufe knallrot an.

Er sieht es, wird väterlich:

»Aber noch etwas anderes zu deiner Beruhigung, mein Sohn: Ich sagte dir schon, daß ich ein Profi bin. Das heißt: Für meinen jetzigen Job mußte ich eine Menge tun: Ich war nicht nur selbst jahrelang ein erfolgreicher aktiver Turner, sondern ich habe einige Jahre studiert – auch sportmedizinische Fragen. Am Ende bist du schon ein halber Arzt. Wenn ich trotzdem in diesem Provinzverein bleibe, dann deshalb, weil die Kasse stimmt und weil ich Perspektiven sehe.«

Er senkt etwas die Stimme und schaut kurz zu Willi Anderson hinüber, der gerade wieder einmal laut brüllt.

»Der Unterschied zu mir und irgendwelchen ehrenamtlichen Vereinstypen, die sich Übungsleiter nennen, ist der, daß ich meine Arbeit unter wissenschaftlichen Gesichtspunkten betreibe. Bei mir wird niemand kaputtgeturnt, hörst du? Ich werde doch nicht selbst dafür sorgen, daß ich arbeitslos werde! Inzwischen bin ich in der Lage, sofort zu erkennen, ob mit meinem Schützling etwas nicht stimmt. Jede auch nur kleinste Abweichung vom Normalen, jedes ungewöhnliche Verhalten – und sei es auch nur die geringste Bewegung – werde ich registrieren. Ich führe minutiös Buch über Constanzes Fortschritte und Rückschläge, habe alle Faktoren der Trainingsstrategie notiert – auch dich. Jede Störung löst sofort ein Warnlämpchen aus. Und im Augenblick gibt es nur in einer Beziehung Rotlicht: Das ist die hirnverbrannte Sache mit der Gaumeisterschaft!«

Constanze naht; er flüstert fast:

»Ich habe da so meine Theorie, warum sie's macht. Paß auf: Wenn du sie wirklich gern hast, richtig gern hast, mein Junge, und wenn du dir schon Sorgen um ihre Gesundheit machst, dann rate ihr ab! Gib nicht eher Ruhe, bis Constanze ihre unsinnige Idee von der Gaumeisterschaft aufgibt! Die Erkältung wollen wir am besten vergessen!«

Und dann legt er so richtig los: Nie zuvor habe ich Constanze so intensiv arbeiten sehen, so konzentriert und schwer. Noch vor der Halle höre ich später in meinem Kopf das krachende Poltern, wenn Constanze pausenlos vom Sprungbrett abhebt, sehe ich sie durch die Luft wirbeln wie von Katapulten abgeschossen. Und ich frage mich: Wie hält ihr kleiner, dünner Körper das aus?

Als sie zu mir herauskommt, ist sie glücklich. Ihre Erkältung ist kaum noch zu bemerken – ich glaube, sie hat sie glatt vergessen, weggearbeitet oder was weiß ich. Ich bin recht schweigsam, sie um so gesprächiger. Sie lehnt sich an

mich, ich halte sie fest und höre ihr zu – bis zu ihrer
Wohnung. Sie sei ein gutes Stück vorangekommen, wie sie
sagt, habe heute in der Halle Schwächen ausgemerzt, mit
denen sie schon seit Wochen oder Monaten kämpfe.
Ich unterbreche sie erst kurz vor dem Haus.
»Ich habe eine große Bitte, Constanze.«
»So? Immer heraus damit!«
Ich sage:
»Nimm nicht an der Gaumeisterschaft teil!«
Sie lacht.
»Sie haben dich also bearbeitet?«
»Ja. Aber das... ist es nicht. Ich... möchte es selbst,
Constanze. Es ist mein Wunsch!«
»Ich werde dir den Titel schenken.«
»Ich will das nicht.«
»Wenn schon, Martin: Ich will es.«
»Warum!«
»Du weißt es doch. Er soll dir sagen: Es geht!«
»Das ist nicht nötig.«
»Doch: Ich will. Niemand kann mich davon abbringen,
ich bin mein eigener Herr. Ich werde bei jeder Bewegung
an dich denken, ganz gleich an welchem Gerät. Ich will dir
zeigen: Es geht!«

Um Lorbeer und Punkte

Gaumeisterschaft – eine Meisterschaft der Kinder! Ich vermisse Frauen, junge Damen von sechzehn aufwärts, zumindest unter den aktiven Teilnehmern in der riesigen Kreisstadthalle.

Unter den Funktionären, Betreuern und Kampfrichtern sind sie zu finden, die »Alten«, die knapp Zwanzigjährigen, die ehemaligen Vereinshoffnungen, die irgendwann wuchsen oder das Zusehen angenehmer fanden.

Die Zuschauerränge sind mäßig besetzt.

Aber Familie Hilgers ist vollzählig versammelt – wie immer, wenn es um Lorbeer und Punkte geht, wie Constanze mir versicherte: »Sie lassen mich nie allein! Sie waren immer dabei – bei den regionalen Meisterschaften im letzten Jahr und als ich den Titel bei der Schülermeisterschaft holte. Sie kennen sich im Turnen besser aus als die Kampfrichter, sehen jede Kleinigkeit, die ich verpatze. Nach den Kämpfen diskutieren wir stundenlang über die Wertungen. Oft gibt es bei uns nur ein Thema: Turnen! Vor allem aber: Sie trösten mich über die Ungerechtigkeiten der Kampfrichter hinweg. Du mußt nämlich wissen: Meine Stärke war die Kür. Und viele Kampfrichter sind da blind auf einem Auge: Nach einer schwachen Pflicht kannst du dir die Beine ausreißen, das nützt dir nichts. Dann ist es gut, wenn die Familie hinter dir steht. Manchmal habe ich die ganze Nacht geheult. Und am Morgen habe ich gesagt: Ich höre auf! Aber dann ist die Familie gekommen und hat gesagt: Du warst gut! Und schon ging es wieder. Nun, seit Herr Warich mich trainiert, habe ich das nicht mehr nötig. Er hat meine Schwächen in der Pflicht gezielt aufs Korn genommen – klar. Er ist der Profi. Aber trotzdem: Es tut gut zu wissen, daß die Familie dabei ist – auch heute noch. Sie verliert nie den Mut, ist immer gut gelaunt...«

Immer?

Constanzes Vater ringt sich ein Lächeln ab, aber die eisige Miene ihrer Mutter zeigt überdeutlich, wie sie zu mir steht. Die Hand reicht mir ohnehin niemand. Für Olaf Hilgers, der nervös an den Nägeln kaut, bin ich Luft; und sein kleiner Bruder Dirk sieht mich ausgesprochen feindlich an.

Das Schweigen wird unerträglich.

Als Trainer Warich mir zuwinkt, runter zu kommen, bin ich ihm dankbar. Die Gauleiterin habe nichts dagegen, wenn ich bei der Mannschaft bliebe. Und leise: »Vielleicht gelingt es dir doch noch, Constanze umzustimmen. Na los, geh zu ihr!«

Es ist zwecklos.

Constanze – im Turnierdreß der Mannschaft ganz bezaubernd – läßt dieses Thema erst gar nicht an sich heran. Das heißt: Sie weicht mir überhaupt aus.

Sie ist in einer eigenartigen Hochstimmung.

Sobald sich unsere Blicke kreuzen, lächelt sie, und man hat den Eindruck, sie schwebe.

Wider Erwarten ist plötzlich die Presse da – einer von uns zu Hause, ein anderer aus der hiesigen Kreisstadt, zwei Fotografen. Ich sehe die Gauleiterin zu uns hinüberweisen, den Pulk auf unsere Riege zusteuern.

»Sind Sie Fräulein Hilgers?«

»Nein, da drüben auf der Bank ... Ja, ganz rechts.«

»Danke.«

»Constanze Hilgers?«

»Ja.«

»Rechnen Sie sich Chancen für September, Oktober aus?« Man siezt sie. »Ist ein Titel drin?«

»Natürlich!«

»Dann ist hier die Generalprobe?«

»Überhaupt nicht.«

»Gibt es einen besonderen Grund, warum Sie ...«

Trainer Warich schiebt sich dazwischen.

»Meine Herren, wenn Sie Fragen haben, wenden Sie sich

an mich. Ich stehe Ihnen gerne zur Verfügung. Constanze Hilgers muß sich jetzt auf den Wettbewerb konzentrieren. Worum geht's?«

Er lotst die Leute zur Seite; dort sehe ich sie eine Zeitlang miteinander sprechen. Am anderen Tag steht in der Lokalzeitung: Constanze Hilgers war sich für die Gaumeisterschaft nicht zu schade. Will eine Aufwertung dieser Veranstaltung bewirken. Sie sagt: Turnen muß wieder Volkssport werden. Der Trend zur Akrobaten-Elite im Frauenturnen kostet die Vereine Mitglieder. Wörtlich: »Constanze Hilgers mischte sich unter den Nachwuchs, um für den Turnsport auf regionaler Ebene zu werben!« Die Balkenüberschrift allerdings lautet anders.

Aber ich will nicht vorweggreifen.

Lautsprecheransagen von der Turnierleitung, gedämpfte Stimmen, zuweilen Schreie einzelner Turnerinnen oder das »Steh!« der Riegen, wenn jemand von ihnen landet! Dann und wann dünnes Klatschen, dazwischen immer wieder die Musik vom Band fürs Bodenturnen und das pausenlose Stampfen und Krachen, wenn man vom Sprungbrett abhebt. Es gibt Augenblicke, da verstummen alle Stimmen, rennt niemand mehr hin und her – weder Punktrichter noch Turner: Constanze turnt!

Und wie sie turnt!

Ein wenig stört das den Ablauf der Veranstaltung; aber die Verantwortlichen drücken beide Augen zu: Wenn die Hilgers turnt, wer wollte da abseits stehen?

Ihre Riege beginnt laut Losentscheid mit dem Pferdsprung, turnt dann am Boden, schließlich an Balken und Barren. Über Reglement und Organisation will ich nicht sprechen, sie sind mir fremd. Nur so viel: Man unterscheidet zwischen Kür- und Pflichtübungen, zwischen akrobatischen und gymnastischen Elementen, kennt ungezählte, allen Turnern geläufige Griffe, Sprünge und Bewegungen, spricht von A-, B-, C- und D-Teilen – je nach Schwierigkeitsgrad der Ausführung, rügt Effekthascherei mit Darbietungen aus dem Show-Geschäft, lobt sportlichen Einsatz sowie disziplinierte Körperbeherrschung und ist doch verzaubert von der Ausstrahlung und dem Lächeln eines Mädchens – genug! All das mag man in Fachbüchern nachlesen, wenn es interessiert. Für mich gibt es, als die Solo-Gitarre aus dem Lautsprecher ertönt, das Schlagzeug sanft und behutsam, fast fließend mitzuschwingen beginnt wie ein Herzschlag, für mich gibt es nur eines auf der Welt:

Constanze!

Und ich weiß: Jede Faser bewegt sich für mich! Jeder Sprung ist mein Sprung, jeder Schritt oder rhythmische Lauf über die Fläche gehört mir. Als sie mir in der Diagonalen entgegenkommt, sehen wir uns an. Ihr Blick und ihr Lächeln sagen: Siehst du, es geht! Es geht! Es geht! Nach einer Minute ist die Bodenkür zu Ende.

Alles jubelt, klatscht, umringt Constanze.

Eine Hand legt sich auf meine Schulter.

Es ist Trainer Warich. Er sagt:

»Vergessen wir den Ärger, Junge! Wenn Constanze so im Herbst turnt, ist sie oben – ganz oben! Ich weiß, was ich sage!« Wir werden unterbrochen, man führt Constanze heran; und der Trainer umarmt sie. »Perlen vor die Säue!« brummt er gerührt. »Und was für Perlen!« Schließlich reicht er sie mir weiter. Jedoch: Wir wissen gar nicht, was wir miteinander tun sollen, gehen zur Bank, wo bereits das Maskottchen wartet. Wir setzen uns; und unter dem flauschig-weichen Fell des Stoffhundes halten wir uns bei den Händen.

Soweit die Bodenkür!

Was dann kommt, will ich rasch hinter mich bringen, wenngleich ich alles wie in Zeitlupe vor mir sehe: Constanze steht auf dem Balken, läuft kurz an und schwingt über eine Grätsche zum Handstand hinauf, aus dem sie sanft und spielerisch vornüberkippt. Ich denke noch: Wie schön und fließend kann sich ein Körper bewegen, dazu auf diesem schmalen Steg! Spagat- und Hocksprünge folgen, ebenso ein Rad – fast heiter, humorvoll irgendwie. Es paßt zu ihr, zu ihrem Lächeln; dann schnellt Constanze rücklings empor und wirbelt in einem gehockten Salto durch die Luft. Schon kurz vorher muß etwas nicht gestimmt haben; denn ich höre den Trainer unterdrückt schnaufen, sehe, wie er nach vorn springt – vergeblich. Ein Fuß Constanzes findet keinen Halt, rutscht ab; sie dreht sich um ihre Achse, ist bemüht, vom Balken wegzukommen. Es gelingt ihr nicht. Sie schlägt vornüber mit dem Gesicht auf die Balkenkante, fällt dann zu Boden.

Das alles geschieht rasend schnell.

Ich will zu ihr, doch dort knien schon etliche Leute – Frau Bilke, der Trainer und andere. Ein Sanitäter schiebt mich zur Seite. Als ich dann doch etwas von ihr sehe, sehe ich nur das Blut, das ihr aus Mund und Nase quillt.

Zu klaren Gedanken bin ich zunächst nicht fähig. Als man Constanze später in den Krankenwagen schiebt, versuche ich, den Wagen zu besteigen und mitzufahren. Ihre Mutter, bereits im Auto, stößt mich zurück.

»Bleiben Sie, wo Sie sind!« sagt sie; ihr Gesicht ist ohne Farbe. »Sie haben bei unserer Tochter nichts verloren.«

Das Blut stammt in der Hauptsache von einer Verletzung im Mundraum sowie einer Platzwunde an der Wange. Gemessen an meinen Befürchtungen, geht das Ganze noch recht glimpflich ab: Drei Tage bleibt Constanze zur Beobachtung im Krankenhaus, eine Woche muß sie pausieren. Die Reaktion des Trainers verblüfft mich: Er macht Constanze keine Vorwürfe, sondern er geht die Sache sehr behutsam an. Den Unfall erwähnt er nicht.

Er sagt nur:

»Es gilt jetzt, den Trainingsrückstand wieder aufzuholen. Das bedeutet, daß wir noch mehr trainieren müssen als geplant. Allerdings: Der Gefahr eines Übertrainings werden wir dadurch ausweichen, daß Martin sich in deiner Freizeit noch mehr als bisher um dich kümmert, Constanze.«

Und er sagt das sehr lieb.

Ich muß gestehen:

So allmählich beginne ich die Arbeit dieses Profis zu bewundern, seine Besonnenheit und Übersicht, seine Menschenkenntnis. Zu mir sagt er: »Übrigens: Daß Constanzes Mutter dich vor dem Krankenwagen so vor den Kopf stieß, mußt du nicht so tragisch nehmen. Sie war nervös. Niemand wußte zu dem Zeitpunkt, ob nicht noch Schlimmeres vorlag – eine Gehirnerschütterung oder innere Verletzungen... Ich rate dir ohnehin: Wenn du was willst, wende dich stets an mich, nicht an Constanzes Eltern. Eltern denken zuweilen sehr schmalspurig...«

Als die Ferien beginnen, kann Constanze bereits wieder ganz normal sprechen, liegen harte Trainingstage hinter ihr. Ihre Nichtversetzung erwähnt sie nur am Rande; und über die Tatsache, daß ich mein Schulziel erreicht habe – auch in Mathematik, verlieren wir kein Wort.

Am ersten Feriensonntag trainiert Constanze morgens.

Die zweite Hälfte des Tages gehört also uns. Wir gehen zu einem Rock-Festival im Stadtpark.

Nach der Veranstaltung will ich noch ins Kino, doch sie sagt überraschend:

»Ich möchte noch zum Forst.«

Zur Erklärung: Auch wir haben über den Unfall so gut wie nicht gesprochen – schon, um unsere Laune nicht zu trüben. Zum anderen war da ja noch eine Frage offen, denke ich.

Was heißt offen:

Möglicherweise hat Constanzes Unfall die Frage beantwortet. Doch wie dem auch sei: Im Schloßforst hatte alles begonnen. Und so hatten wir auch ihn gemieden. Nun will Constanze dorthin. Ich schaue zum Himmel.

Es war den ganzen Tag über recht schwül gewesen; und jetzt sieht es nach einem Gewitter aus. Zumindest hat sich über das abendliche Blau ein Schleier gezogen, der sich zunehmend verdichtet.

»Es wird ein Unwetter geben, Constanze!«

»Das macht nichts«, sagt sie. »Wir können uns in der alten Schloßkapelle unterstellen. Eine dichte Stelle wird das Dach bestimmt haben.«

Etwas widerstrebend gebe ich nach.

In der Ferne blitzt und donnert es bereits; Wind kommt auf.

Als wir die Stelle erreichen, an der sie mir die Gaumeisterschaft versprach, ist es schon ziemlich finster, zucken die Blitze schon beängstigend nah. Constanze bekümmert das nicht.

Sie bleibt stehen und sagt:

»Es geht!«

»Möglich«, erwidere ich und streife ihr das Haar aus den Augen. »Es ist für mich nicht mehr wichtig, Constanze, ob es geht oder nicht. Entscheidend für mich ist, daß dir nichts passiert, daß du gesund bleibst. Nur daran denke ich, an sonst nichts! Aber jetzt komm: Wir müssen uns unterstellen.«

Die ersten Tropfen fallen.

Constanze aber ist nicht von der Stelle zu bewegen.

Sie ruft in den Wind:

»Es geht! Es geht!«

»Wenn schon. Das ist unwichtig geworden.«

»Nein«, beharrt sie, »für mich ist es sehr wichtig.«

»Warum?«

»Weil ich weiterturnen will«, erklärt sie heftig. »Seit ich denken kann, will ich Nationalturnerin werden und die höchsten Titel holen... Als wir einmal über Melanie sprachen, habe ich dir gesagt, daß ich nie aufhören könnte, Martin! Es ist so! Ich muß es schaffen, ich werde es schaffen. Das ist doch nichts Schlimmes, wenn du dein Leben lang geturnt und es soweit gebracht hast wie ich.

Das ist doch nur natürlich, daß du ganz nach oben willst.«

»Das sagt dein Vater.«

»Ja. Aber nicht nur er: Das sagen alle in der Familie, auch ich. Ich kann doch jetzt nicht aufgeben, wo ich dicht vor dem ersten großen Ziel stehe. Das geht doch nicht! Das kann doch keiner verlangen, Martin! Auch du nicht!«

Ich weiß nicht, was ich ihr antworten soll.

Es gießt jetzt in Strömen; und das Gewitter scheint fast über uns. Hell züngeln die Blitze; und Constanzes Stimme ist im Donnergetöse kaum noch zu verstehen.

Ich ziehe Constanze, die sich nicht mehr sträubt, mit mir. Völlig durchnäßt erreichen wir die fast zerfallene Schloßkapelle, wo wir ein halbwegs trockenes Fleckchen zum Unterstellen finden.

»Martin!« Angstvoll schaut Constanze zu mir auf, das nasse Haar strähnig im Gesicht. »Martin, der Unfall war ein dummes Mißgeschick. Der hat nichts mit uns zu tun! So was kommt alle hundert Jahre mal vor: Du steigst aus dem Bett, knickst um und brichst dir ein Bein! Das gibt's!«

»Hat das auch dein Vater gesagt?«

»Ja. Aber er hat recht. Dumme Unfälle gibt's überall mal. Die können selbst dem größten Sportler passieren. Das hat wirklich nichts mit uns zu tun. Denk an die Bodenkür, Martin! Ich habe ganz fest an dich gedacht, und es wurde die beste, die ich je geturnt habe. Sogar der Trainer sagt das, obwohl er wütend auf mich war! Martin!«

Das Pflaster an ihrer Wange hat sich gelöst, hängt an einem Zipfel herab. Die Wundnaht ist zu erkennen. Ich presse behutsam das Pflaster gegen die Wange und nehme dann ihr Gesicht in beide Hände.

»Ich mag es, wenn du turnst – nur so, für niemand oder für dich, weil du es gern tust oder weil es schön ist. Ich mag es.«

»Aber auch das andere geht.«

»Schon möglich, wie gesagt. Aber das ist unwichtig – jedenfalls: für mich!« Die nasse Kleidung klebt an ihrem

Körper; sie kommt mir wieder sehr mager vor, zerbrechlich. Und der alte Gedanke ist wieder da: Wie klein sie ist! Ich sage: »Nur gesund mußt du bleiben, Constanze. Und dir darf nichts passieren, das verstehst du doch!«

»Ich bin gesund. Und mir passiert nichts«, lächelt sie und schmiegt sich an, während ich sie in die Arme nehme. »Wir werden jedes Jahr gründlich vom Sportarzt untersucht: Ich bin gesund! Und der dumme Unfall kommt nicht mehr vor. Du kennst meinen Trainer nicht: Der hat alles längst analysiert. Auch er wird dafür sorgen, daß nichts mehr passiert.«

»Und ich«, sage ich, lege mein Kinn auf ihren nassen Kopf, »und ich!«

Sie lacht.

»Du auch? Bist du denn mein Trainer?«

»Na klar. Du hast zwei. Das weißt du doch.«

»Ach ja!« kichert sie. »Wie schön!«

Ich lehne an der Mauer, sie mit dem Rücken an mir. Ich halte sie fest und reibe mein Kinn auf ihrem Kopf. Sie mag das offenbar; und wir schweigen und schauen in den Regen und hören zu, wie er in die Blätter klatscht. Das Gewitter läßt nach; die Luft ist würzig und klar, und es macht Freude zu atmen.

Als der Regen aufhört, ist es fast dunkel. Und es ist kühl geworden, jedenfalls frieren wir beide in den nassen Kleidern. Auf dem Weg nach Hause wird Constanze immer stiller.

Irgendwann bleibt sie stehen.

»Ich . . . kann so nicht nach Hause«, sagt sie zögernd. »Sie werden sich Sorgen machen wegen der nassen Kleider . . . Sie wollen natürlich nicht, daß ich mir wieder eine Erkältung hole, nachdem die alte gerade weg ist. Mutter wird alles auf dich schieben. Und sie wird wieder über dich schimpfen. Das mag ich nicht.«

»Du bist häufig erkältet.«

»Nein, nur in letzter Zeit. Manchmal ist es zugig in der Halle oder auf den Gängen zur Toilette. Und wenn du schwitzt... Aber ich passe jetzt auf, ziehe immer was darüber. Der Trainer will das. Und ich trage einen Nierengurt in den Pausen.«

Sie zittert, geht immer noch nicht weiter.

Ich schlage vor:

»Du kommst mit zu uns. Ich werde anrufen...«

»Nein!« sagt sie hastig. »Nicht du!«

»Meine Mutter kann es tun«, beruhige ich sie; und Constanze ist einverstanden. »Wir haben einen Wäschetrockner. Wir stecken deine Sachen rein, und sie sind im Nu trocken.«

So geschieht es.

Mutter ist sehr lieb zu Constanze, die ein heißes Bad nimmt und in Mutters dickem Morgenmantel auf der Couch sitzt, während in der Küche die Trockenmaschine surrt. Der Anruf ist rasch erledigt. Zum Glück war Constanzes Vater am Apparat: Ja, man habe sich schon Sorgen gemacht. Es sei fast elf. Aber wenn sie, meine Mutter, Constanze bald mit dem Auto nach Hause bringe, sei ja alles in Ordnung. Allerdings: So spät dürfe es nicht mehr werden. In der Wettbewerbsphase habe der Trainer für Constanze einen genauen Terminplan ausgearbeitet, in dem auch stehe, wann sie ins Bett müsse...

Wie gesagt:

Dann sitzt Constanze auf der Couch, Mutter ist dabei; und wir trinken heißen Erkältungstee mit Honig. Mutter erzählt von Italien, vom Büro und von Vater. Das Ganze ist sehr heimelig. Und plötzlich ist da ein ziemlich unsinniger Gedanke. Ich schwöre: Ich mag Constanze anders, als man eine Schwester mag. Und doch ist mit einem Male – ich weiß nicht wie – dieser sonderbare Gedanke da: Wenn sie doch meine kleine Schwester wäre und immer bei uns bliebe!

Am anderen Tag bin ich schlapp und zerschlagen. Nichts kann mich aufrichten – weder Constanzes beispiellose Künste in der Trainingshalle noch ihre Hochstimmung auf dem Heimweg. Der Trainer hat sie gelobt: ihren erneuten Formanstieg nach der Trainingspause, vor allem ihren Mut und ihre Kühnheit auf dem Schwebebalken.

Tags darauf ist es ähnlich. Nur:

In der Nacht huste ich, bin schweißgebadet.

Am nächsten Morgen brummt der Kopf, läuft die Nase; ist die Temperatur erhöht. Gegen Nachmittag steigt das Fieber, ist ans Aufstehen nicht zu denken. Mutter am Telefon: »Bleib ja liegen! Trink den Tee! Ich komme heute etwas früher. Vorher gehe ich noch bei der Apotheke vorbei.«

Zu Constanze brauche ich nicht.

Der Trainer hat noch ein Sondertraining im Leistungszentrum angesetzt – insbesondere, um die schwierigen Sprünge auf der Akro-Bahn und in der Schnitzelgrube zu üben. Das eine ist, soweit ich weiß, eine mit besonderen Matten und Sprungbrettern bestückte Trainingsstrecke, das andere ist eine Fallgrube, gefüllt mit Schaumstoffbrocken. Selbst nach waghalsigen Saltos und Schrauben landet man in ihnen weich und gefahrlos. Außerdem steht Ballettunterricht an.

Um halb sechs kommt Mutter.

Sie macht mir Wadenwickel und gibt mir Tropfen. Und ich denke: So müßte mich Constanze sehen! Lachen würde sie! Nun ja: Ich kenne das nicht anders. Als ich wohlversorgt daliege, wirft Mutter mir ein Taschenbuch aufs Bett.

»Hier! In der Buchhandlung neben der Apotheke hatten sie's im Fenster. Ich sehe es zufällig und sage mir: Damit könnte sich Co-Trainer Martin die Langeweile im Bett vertreiben.«

»Trainingstheorie und Trainingspraxis«, lese ich halblaut und bin begeistert: »Nicht schlecht!« Ich überfliege das Inhaltsverzeichnis. »Sogar Kinder- und Jugendtraining ist

drin. Und da: Einige Sportarten werden besonders be-
sprochen – auch das Turnen!«

»Na, siehst du . . .«

Sie steht im Regenmantel in der Tür.

»Willst du noch weg?«

»Ja. Im Büro ist es jetzt ganz still. Da kann ich noch einiges
aufarbeiten, ohne daß mich jemand stört. Tagsüber ist
dauernd etwas anderes los. Da bleibt kaum Zeit für den
laufenden Kram . . .«

»Das hast du doch noch nie gemacht.«

»Stimmt. Und es soll auch nicht zur Gewohnheit werden.
Es ist nur dies eine Mal. Weißt du: Vor dem Ferienbeginn
war bei uns in der Firma die Hölle los. Alle Welt will vor
dem Verreisen noch dies und das . . . Kein Wunder, wenn
da einiges liegen bleibt. Aber schon kommt der Chef
angerannt: Wenn es zu viel wird, Frau Kopaz, dann
könnte Fräulein Hallscheit einen Teil übernehmen. Sie ist
mit ihrer eigenen Sache bereits fertig und könnte . . . Du
verstehst: Bärbel Hallscheit . . .«

Ja, ich verstehe; doch ich weiß nicht, wie ich Mutter helfen
soll. Eine Zeitlang liege ich noch auf dem Rücken da und
denke halbwegs ernsthaft darüber nach; dann fällt mir
wieder das Buch ein. Ich wälze mich auf die Seite, stütze
den Kopf auf und beginne zu lesen. Ich muß gehen: Ich
hätte nie geglaubt, daß Sport so interessant sein kann.
Haverkamp möge mir verzeihen! Doch dann ist es vorbei
mit der Begeisterung.

»Gefahren des Leistungs- und Hochleistungssports im
Kindes- und Jugendalter«, lautet eine Randnotiz, kaum
fünfzehn Zeilen lang: »Untersuchungen«, so heißt es dort
unter anderem, »haben eindeutige Schädigungen an den
Wirbelsäulen, Becken und Hüften von jungen Turnerinnen aufgrund jahrelanger einseitiger, stark belastender
Übungen ans Licht gebracht. Lebenslanger Schmerz und
irreparable Behinderungen sind als Spätfolgen nicht aus-
zuschließen.« Ich muß diese Sätze dreimal lesen, ehe ich
begreife, daß sie dort stehen. Aber nicht nur das lese ich:

Wachstumsstörungen seien möglich, ebenso hormonelle Fehlentwicklungen im Körper junger Mädchen, die dadurch länger als üblich Kinder blieben, also keine Frauen würden. Wörtlich: »Die Pubertät setzt später ein, folglich auch die Regelblutungen...«

Schon bin ich am Telefon. Es ist bereits zehn.

Dirk Hilgers meldet sich.

Seine Stimme ist nicht gerade freundlich:

»Sie ist noch nicht da.«

Ich sage:

»Red keinen Unsinn! Gib sie mir!«

»Sie schläft schon.«

»Dann weck sie!«

Jetzt verschwindet er.

Flüstern, Geraune, Wortfetzen.

Dann Constanzes Vater, gedämpft:

»Martin? Sie schläft wirklich schon.«

Wenn ich mich nicht täusche, will jemand den Hörer, wahrscheinlich die Mutter, denn ich höre kurzzeitig ihre unterdrückte Stimme. Ihr Mann scheint sich durchzusetzen.

Ich rufe:

»Hallo?«

Er meldet sich wieder.

»Ja, Martin. Ich bin noch dran. Also: Constanze schläft. Es war ein schwerer Tag, weißt du. Was soll ich ihr morgen ausrichten?«

»Ich will sie sprechen. Jetzt.«

Er räuspert sich die Stimmbänder frei.

»Ich glaube, Martin, das geht wirklich zu weit. Da muß ich meiner Frau recht geben. Du weißt, wie nötig Constanze den Schlaf hat.« Seine Stimme wird für Augenblicke lauter, senkt sich aber dann wieder rasch. Offensichtlich schläft Constanze wirklich. Aber das ist mir völlig egal – auch, was ihr Vater denkt. »Ich lege jetzt auf, Martin, damit du es weißt«, sagt er. »Oder sag mir schnell, worum es geht. Morgen werde ich es ihr...«

»Ich muß sie sprechen! Noch heute.«

»Nun, dann eben nicht...«

Er legt auf.

Ich wähle erneut.

»Hilgers?«

»Ja, Herr Hilgers, ich bin es wieder: Martin. Ich...«

Und wieder legt er auf.

Ich lasse nicht locker, wähle.

Der Ruf geht durch. Ich warte. Man hebt nicht ab; irgendwann ertönt das Besetztzeichen. Sofort drehe ich an der Scheibe: Tuut – tuut – tuut... Und wenn ich es die ganze Nacht läuten lasse; ich mache weiter. Es sei denn, sie legen den Hörer neben den Apparat. Nein, sie geben auf.

»Augenblick«, sagt Olaf Hilgers gepreßt. »Vater holt sie gerade.«

Was mag jetzt dort los sein?

Ein wenig Angst um meine kleine, dünne Constanze beschleicht mich; doch die andere Angst ist größer, riesengroß. Sie überlagert alles.

Ihre Stimme ist verschlafen.

»Was machst du denn für Sachen, Martin?«

Ich schlucke, als ich ihre Stimme höre. Sie geht mir durch und durch. Dann frage ich:

»Bist du erkältet?«

»Etwas«, sagt sie. »Nicht der Rede wert. Kein Wunder, nach...« Sie verstummt, schaut wohl erschreckt zur Familie hinüber, die bestimmt in Sicht- und Hörweite aufgereiht steht. »Deswegen rufst du an?«

Ich atme tief durch.

»Hast du in letzter Zeit oder auch schon seit längerem Schmerzen – zum Beispiel: Im Rücken?«

»Nein.«

»In der Hüfte?«

»Nein, auch nicht.«

»Am Becken oder an den Gelenken?«

»Nein. Ganz bestimmt nicht, Martin! Was soll das?«

»Fühlst du dich krank?«

»Überhaupt nicht. Ich bin topfit! Ich habe dir doch schon gesagt: Mir fehlt nichts. Ich bin kerngesund. Die blöden Erkältungen kannst du vergessen. Die kommen und gehen. Und ich bin noch vorsichtiger, seit der Trainer darauf achtet. Martin: Du kannst unbesorgt sein. Leg dich jetzt hin und schlaf! Morgen holst du mich ab, und...« Schaut sie wieder zur Familie? Ihre Stimme wird kühler: »Wir können ja noch ein andermal darüber sprechen, Martin.«

Ich reibe mir die Stirn.

In meinem Kopf ist alles wirr.

Und in meiner Verzweiflung frage ich:

»Hast du deine Regel?«

»Was?«

»Ich wollte sagen: Bekommst du deine Menstruation, deine Monatsblutung schon?«

Stille.

»Constanze!«

»Ja. Warum fragst du das?«

»Weil ich es wissen will. Es ist wichtig.«

Sie sagt:

»Darüber spricht man doch nicht.«

»Und ob man darüber spricht, Constanze! Nun sag schon: Wie sieht es aus damit?«

»Ich habe sie, ja. Vielleicht etwas wenig. Und manchmal setzt sie aus. Das ist normal, wenn man wenig ißt und schwer arbeitet. Und es gibt sich, sobald ich damit aufhöre. Dann kommt sie ganz normal.«

»Wer sagt das?«

»Meine Mutter. Sie hatte das auch.«

»War sie Turnerin?«

»Ja. Aber das hat damit nichts zu tun. In ihrer Jugend hatte sie mal einen Magerkeitstick. Da hörten die Blutungen ganz auf. Heute hat meine Mutter drei Kinder, wie du weißt. Und die üblichen Wehwehchen, über die andere Mütter klagen, kennt sie nicht. Das kommt vom Turnen. Man bleibt körperlich fit. Also: Sei unbesorgt,

Martin! Reg dich nicht auf! Und schlaf jetzt. Bist du krank?«

Ich hatte gehustet.

Außerdem ist meine Stimme ziemlich heiser.

»Nur etwas Fieber«, erkläre ich. »Es ist schon wieder besser...«

»Du gehst sofort ins Bett!« befiehlt sie. »Ist deine Mutter da?«

»Nein.«

»Auch das noch! Martin, du legst dich sofort hin, hörst du! Und du deckst dich warm zu! Morgen früh komme ich vor dem Training bei dir vorbei.«

»Nein«, wehre ich ab. »Am Ende steckst du dich noch an...«

»Unsinn! Ich bin stark wie ein Bär! Und sehr zäh! Das sagen alle, nicht nur meine Eltern. Weißt du: Es täuscht etwas, weil ich so klein bin und schmal.«

Für wenige Sekunden sehe ich sie auf dem Schwebebalken stehen – so kräftig, sehnig, voller Energie, so groß und stark. Ich komme mir blöd vor, reibe noch immer meine Stirn. Sie schmerzt jetzt heftig.

»Martin!« sagt Constanze leise. »Mach dir keine Sorgen! Es ist alles gut... Bitte! Es ist wirklich alles gut!« Und noch leiser, fast gehaucht: »Ich denk an dich... immerzu. Das geht.«

Ein schmutziges Kapitel

Am Morgen kommt sie nicht.

Eine Zeitlang rede ich mir ein, daß ich froh darüber sei, weil sie sich so nicht anstecke. Aber das ist natürlich dummes Zeug: Ich habe auf sie gewartet – und wie! Ich habe so sehr auf sie gewartet, daß ich weinen könnte. Na gut: Ich habe geheult.

Bis elf halte ich es aus.

Dann bin ich aus dem Bett – mit einem Satz.

Im Badezimmer ist mir schwindelig und übel; doch das legt sich bald. Ich halte meinen Kopf unter das kalte Wasser und hoffe, daß er klarer werde. Ja, es geht so. Halb angezogen greife ich zu dem Buch: Bio-Mechanik und Bewegungskoordination, Periodisierung, Konditionierung, Perspektivplanungen und was weiß ich nicht alles. Allein: Was ich suche und immer wieder finde, ist und bleibt fünfzehn Zeilen lang!

Mutters Frühstück rühre ich nicht an.

Draußen wende ich mich sofort in Richtung Turnhalle; doch dann zögere ich: Die Stadtbibliothek fällt mir ein. Ich war schon dort wegen des Referates über die Gewaltenteilung. Wieder hilft mir eine freundliche Dame in der Medienabteilung; schließlich schleppe ich Berge von Büchern und etliche Ordner mit gesammelten Zeitschriften und Zeitungen in den Lesesaal. Mit den Zeitschriften fange ich an. Die Frau hat mir die Heft-Nummern und Seitenzahlen herausgeschrieben. Es geht nicht nur ums Turnen, wie ich sehe, sondern um den Kindersport überhaupt. Aber Turnen ist immer dabei: »Die Not der frühen Jahre«, so lautet eine Überschrift, »Bis der Rücken bricht«, »Kinder-Fron für die Nation« andere; und so geht es weiter.

Mir zittern die Finger.

Und ich frage mich: Hatte dies alles denn niemand gelesen

– damals, als die Hefte herauskamen? Hatte es keinen Aufschrei gegeben im Lande? Die Erscheinungsdaten der Artikel liegen höchstens zwei, drei Jahre zurück. Namen von Betroffenen werden genannt, Ergebnisse von Untersuchungen an einer Universitätsklinik, nach denen ein Drittel aller Leistungsturnerinnen nach mehr als vier Jahren Training unter Wirbelschäden leidet. Was sagt Constanzes Vater dazu, was der Trainer?

Ich stecke Zettel zwischen die Seiten, notiere mir, was ich fotokopieren werde. Zum Beispiel den Fall einer querschnittsgelähmten Turnerin, die nach einem eineinhalbfachen Salto kopfüber auf die Matte stürzte und sich den zweiten Halswirbel brach. Erkenntnis einer anderen Zeitung: »Wer etwa nach Abgang vom Schwebebalken einen mehrfachen Rückwärtssalto wählt und dabei ungeschickt stürzt, kann sich das Genick brechen.« Oder das Schicksal einer Jugendmeisterin: »Mit sechzehn Jahren und nach 8000 Trainingsstunden trieben Schmerzen die Turnerin zum Sportarzt: ›Die linke Beckenhälfte steht höher als die rechte‹, ergab die Untersuchung. ›Eine Beeinträchtigung der Lendenwirbelsäule erzeugt Druckschmerz.‹ Jäh endete ihre Turnkarriere. Rechts gleicht jetzt ein fünfzehn Millimeter höherer Absatz die ungleich langen Beine aus.« Auch über Wachstumsstörungen als Folge von Turnunfällen oder durch biologische Veränderungen im Körperhaushalt finde ich nun Belege. Noch schlimmer: »Offensichtlich«, behauptet eine Zeitung, »helfen die Betreuer notfalls nach und zögern durch Hormonabgaben die Reifung hinaus.« Dazu ein Professor: »Werden diese Mädchen überhaupt einmal ihre normale körperliche Endgröße erreichen?« Dennoch bleiben Turnexperten dabei: »Turnerinnern müssen Kinder bleiben!« Die Folge: »Viele Turnerinnen, die man offiziell als Frauen bezeichne«, so die Zeitung, »sind in Wahrheit elfengleiche Wesen ohne Busen und Periode, Leichtgewichte von dreißig, fünfunddreißig Kilogramm – genaugenommen: Zwerginnen.«

Eigentlich reicht mir das.

Mir ist ohnehin übel nach der Lektüre.

Die Bücher schiebe ich zur Seite; nur eine Sache noch registriere ich: »Härte ist Trumpf in der Turnerei.« Das gelte in jeder Beziehung – sogar fürs Essen! So kämen heranwachsende Mädchen mit einem Zehnstundentag zwischen Schule und Schwebebalken in einer Turnschule mit Mineralwasser und einem Apfel aus. Und jetzt kommt es: »Aber bis man als Turnerin beginnt, über den Hochleistungssport nachzudenken, steckt man so tief drin, daß man auch mit Denken nichts mehr ändert.«

Ich erhebe mich, schwanke leicht.

Das mag am Fieber liegen.

Die nette Dame hilft mir beim Fotokopieren; dann ziehe ich ab, natürlich zur Turnhalle. Ich brenne darauf, dem Trainer das Material unter die Nase zu halten und mit Constanze zu sprechen. Und ich sehe ihn schon vor mir, wie er die Gefahren bestreitet, als Pressespektakel und Laien-Hysterie abtut.

Doch es kommt ganz anders.

Er sagt:

»Gut, daß du da bist, Martin! Constanzes Eltern haben mir die Hölle heiß gemacht – vor allem die Mutter. Ich mußte sie« – er schaut zu Constanze hinüber, die mit Lockerungsübungen beschäftigt ist, »beide sanft, aber bestimmt aus der Halle entfernen. Du hast sie durch deinen Anruf gestern abend ziemlich aufgebracht. Dabei finde ich deine Fragen durchaus vernünftig, nein, sogar notwendig. Du hast sicher einen kritischen Artikel über das Frauenturnen in die Finger bekommen, nicht wahr?«

»Nicht nur einen«, gebe ich zu und spüre, daß ich ruhiger werde. Ich halte ihm die Fotokopien nicht unter die Nase, sondern deute mit dem Kopf auf die Blätter in meiner Hand. »Es gibt nicht nur einen, Herr Warich. Und es gibt ganze Bücher darüber!«

»Ich weiß«, nickt er. »Und da ist mit Sicherheit keine

Veröffentlichung, die ich nicht zu Hause in meinen Trainingsakten habe. Ich schlage dir ohnehin vor: Komm einmal zusammen mit Constanze – und darauf lege ich größten Wert, daß sie mitkommt! –, komm also mal zu mir und schau dir alles an. Ich bin sicher: Was du da gesammelt hast, ist nur die Spitze eines Eisberges. Du wirst staunen, Martin!«

Ich staune jetzt schon.

Und ich bin – offen gesagt – sprachlos.

Er nimmt mir die Zettel ab und blättert flüchtig darin. Bei einem bestimmten wächst offensichtlich sein Interesse, denn sein Blick gleitet suchend über die Zeilen, dann murmelt er:

»Ja, es ist noch mit drauf. Glück gehabt. Hier!« Sein Finger deutet auf eine Stelle. »Vielleicht schaust du dir das mal an!«

Eine bekannte Nationalturnerin wird dort zitiert. Ich lese:

»Wer einen schlechten Trainer hat, zahlt mit Verletzungen. Wer einen guten hat, bleibt gesund.«

Verblüfft schaue ich auf.

Wie unlängst schon, lacht er aus allen Falten.

Er sagt:

»Und ein guter Trainer, mein Junge, weicht Fragen über die Gefahren der von ihm vertretenen Sportart nicht aus, sondern stellt sich ihnen, setzt sich mit ihnen auseinander. Deswegen habe ich all diese Artikel nicht von mir weggeschoben wie manch anderer, sondern gesammelt. Und: Ich habe wissenschaftliche Arbeiten, in denen steht, wie ein Sportler trotz Hochleistungstraining gesund bleibt. Nur!« Er lächelt nun etwas schief. »Nur: Komm mir nicht mit einer dummen Erkältung daher, Martin!«

Ich winke ab, fühle, daß ich erröte, und merke, daß ich plötzlich ein kleiner Junge bin.

Doch er wird ernst:

»Und noch etwas: Ein guter Trainer ist in der Regel kein Freund ehrgeiziger oder verblendeter Eltern, damit du's

weißt! Nehmen wir Constanzes Mutter: Sie hat selbst
einmal geturnt – wie ich hörte, recht mittelmäßig. Allerdings: Ihr Ehrgeiz muß sehr groß gewesen sein und reichte
für sechs Meistertitel. Verstehst du: eine gefährliche Mi-
schung! Da sie's selbst nicht weit gebracht hat, muß nun
ihre Tochter ran.«
Er wartet, bis ich nicke, und fährt dann fort:
»Das gibt es eigentlich in jeder Sportart – und nicht nur im
Sport. Im Sport fallen solche Eltern nur am ehesten auf,
rücken sie ins Blickfeld der Öffentlichkeit: Denk nur an
die Eislaufmuttis!«
Wir blicken beide zu Constanze hinüber.
Aus dem Tonbandgerät dringen halblaut Klavierklänge;
und es geht dir durch und durch, wie Constanze ihren
sehnigen, schlanken Körper locker und leicht im Rhyth-
mus der Melodie bewegt. Es ist Tanz und Spiel, nein, es ist
Musik, wie ich bereits sagte, es ist lebendig gewordene
Musik ...
Als ich aufschaue, sehe ich, daß der Blick des Trainers
längst zu mir zurückgekehrt ist und nachdenklich auf mir
ruht.
Er sagt:
»Constanze, Martin, wird eines Tages keine unerfüllten
Träume mit sich herumschleppen, um anderen die Erfül-
lung aufzubürden. Sie wird sie selbst erfüllen und dann
Ruhe haben. Verstehst du?«
Ja, das leuchtet mir ein.
Und ich denke daran, was sie mir im Wald während des
Gewitters gesagt hat. Dann spricht Helmut Warich von
ihrem Vater:
»Ihr Vater«, sagt er, »ist der schlimmere Elternteil, also
viel gefährlicher noch als die Mutter. Auch er verbindet
mit Constanzes Erfolg, da bin ich absolut sicher, wie wir
alle und wie die Mutter, persönliche Motive. Aber: Er tut
so, als ginge es um höhere Dinge, verstehst du! Er hat sich
einen ideologischen Überbau geschaffen, so eine Art
Rechtfertigung für sich und Constanzes Opfer, die es

ohne Zweifel gibt. Denn: Anders kommst du nicht an die Spitze! Vielleicht weißt du das aus der Schule: Ideologen heben sich vom Erdboden ab und sind dann schwer widerlegbar oder überhaupt greifbar. Sie schweben so hoch über dir, daß du nie kontrollieren kannst, ob das, was sie sagen, etwas taugt oder nicht, ob es brauchbare, handfeste Dinge sind oder...«

»Seifenblasen!« sage ich.

Er nickt.

»Ja, Seifenblasen, Martin! Ich sehe, wir verstehen uns: Blasen, die bei der noch so behutsamen ersten Berührung platzen! Aber was rede ich. Ich will eigentlich nur sagen, Martin, daß ich auf deiner Seite stehe – völlig! Ich bin ein Realist, verstehst du, genauso wie du: Du magst ein Mädchen und willst mit ihr glücklich werden. Das geht aber nur, wenn sie gesund bleibt. Gut. Ich trainiere ein Mädchen und will mit ihr Erfolg haben. Das geht aber nur, wenn sie nicht krank wird. Ist doch logisch. Oder? Also: Solltest du wieder einmal den Eindruck haben, daß ich als dein Partner einen Fehler mache, dann komm zu mir und sag es offen! Umgekehrt werde ich den Mund nicht halten, wenn ich glaube, daß du Unsinn baust. Ist das klar?«

Ich nicke.

»Bisher«, fährt er fort, »hatte ich nur einmal Anlaß, mit dir als Partner unzufrieden zu sein. Ich erwähne das ungern...«

Ich weiß, was kommt, und senke den Blick. Er hat ja recht!

»Ich hatte dich gewarnt, ahnte Böses, denn ich kenne Constanze, wie du weißt, führe ein Trainingsbuch über jede Einzelheit... Und doch hattest du ihr die unselige Gaumeisterschaft nicht ausgeredet, Martin, mit allen Folgen! Dabei hatten wir noch Glück gehabt, verdammtes Glück. Es hätte das Aus sein können – für dich, für mich, vor allem aber für Constanze. Oder glaubst du wirklich, Martin, daß Constanze ohne die Turnerei noch glücklich werden kann? Mal ehrlich...«

Es nützt ja nichts, ich muß ihn anschauen.

Es gelingt mir auch halbwegs.

Und es tut gut, daß ich plötzlich seine Hand in der meinen spüre und den kräftigen Druck – auch, daß er sagt:

»Ich freue mich, daß ich einen kritischen, wachsamen Partner habe! Schau mir auf die Finger, Junge, und hau drauf, wenn sie Unrechtes tun ... Und du sollst nun sehen, wie ernst es mir damit ist. Constanze?«

Er ruft sie herbei. »Constanze!«

Sie lächelt, als sie herantrippelt.

Ein wenig Angst ist in diesem Lächeln, ohne Frage.

»Ja?«

»Wir haben uns ausgequatscht, weißt du«, sagt der Trainer. »Du hast es selbst so gewollt – vorhin, nachdem ich – zugegeben – etwas grob zu deinen Eltern geworden war und Martin verteidigt hatte. Du hast gewünscht, daß ich mit Martin alles bespreche, was ihn quält ... Nun, ich hab es getan. Aber da ist noch etwas offen: Martin will die kritischen Artikel und Bücher über das Frauenturnen sehen – jetzt. Das ist sein gutes Recht, obwohl laut Trainingsplan noch ... Na gut! Mach dich fertig, Constanze, wir werden zu mir nach Hause fahren und ...« Ich sehe Erschrecken in Constanzes Augen; und ihr Lächeln löst sich auf.

»Nein«, sage ich rasch. »Lassen Sie ...«

»Unsinn!« wehrt er ab. »Was ich verspreche ...«

»Nein, wirklich. Ich will sie nicht mehr sehen, Herr Warich. Es ist nicht mehr nötig ...«

»Wie du meinst. Nur ...«

»Nein, nein. Wirklich nicht.«

Constanze lächelt wieder; sie zieht etwas in der Nase hoch, hustet leicht und sagt:

»Siehst du, jetzt habe ich's auch, Martin! Es ist nur ein bißchen Schnupfen und Husten – kein Fieber, nichts ... Ich bin so stark und kräftig wie noch nie. Das Gewitter konnte mir nichts anhaben. Aber du: Warum bist du aufgestanden?«

Wahrscheinlich grinse ich ziemlich blöd.

»Weil ich dir beim Turnen helfen muß. Ist doch wohl klar. Du hast zwei Trainer, vergiß das nicht! Und die brauchst du schon, wenn du den Titel holen willst.«

Das Bild wird zu hell.

Zwar habe ich die Temperaschicht längst mit einer sehr dünnen, fast noch transparenten Ölglasur übermalt, doch das Ganze ist und bleibt zu hell. Vater pflegte aus dunklem Grund zum Hellen, Lichten hinzumalen, zumindest in all seinen Bildern, die ich kenne. Venedig aber wurde nie fertig. Und in meinem Kopf setzt sich eine fixe Idee fest: Hatte Vater Seifenblasen machen wollen?

Ich steche mit dem Pinsel in die Luft:

Picks!

Und: Picks!

Und wieder: Picks, picks!

Dann lege ich die Palette fort, tunke den Pinsel ins Terpentin, das sich milchig weiß trübt. Als ich schließlich dunkle Farben auf die Leinwand auftrage, ist mir wieder wohler: Möglicherweise hatte Vater Venedig immer zu hell angefangen, hatte er diese geliebte Stadt von Anfang an zu hell im Kopf. Er hatte versäumt, sich mit den dunklen Seiten der Stadt auseinanderzusetzen, mit ihren Schatten. Und ohne Schatten, das ist klar, ist Licht kein Licht, ist Helles nicht wirklich hell.

Aber genug!

Mutter kommt um acht. Sie ist müde und abgespannt, ißt hastig in der Küche, betritt dann mein Zimmer. Es dämmert bereits; und sie schaltet die Deckenbeleuchtung ein.

»Du malst noch?«

»Mh.« Das Licht blendet und ändert die Farben, macht sie härter und kälter als vorgesehen. »Du hast wieder länger gearbeitet?«

Mutter antwortet nicht.

Sie setzt sich wie üblich hinter mir auf die Bettkante; und ich denke zuerst, sie will mir beim Malen zuschauen, was häufig geschieht. Doch dann höre ich, wie sie leise in der Nase hochzieht. Als ich mich umsehe, schneuzt sie gerade ins Taschentuch. Ihre Augen sind rot; sie wirkt ziemlich fertig.

»Was hast du dir dabei gedacht?« fragt sie.

Ich weiß nicht, was sie meint, und antworte:

»Wobei?«

»Ich spreche von deinem Anruf.«

»Von welchem Anruf?«

Noch immer verstehe ich kein Wort.

Sie sagt heiser:

»Du kannst doch nicht um zehn bei Constanzes Eltern anrufen, Martin! Du kannst sie doch nicht um zehn mit deinen Fragen belästigen. Das geht doch nicht. Das gehört sich einfach nicht!«

Endlich kapiere ich:

»Du meinst also meinen Anruf bei Hilgers – vorgestern?«

Mir ist selbst nicht ganz wohl bei dem Gedanken; doch ich gebe mich gelassen und säubere den Pinsel mit dem öldurchtränkten Lappen. »Ich hatte meine Gründe.«

»Aber Martin! Wie kommst du dazu, dich in die persönlichen Angelegenheiten der Familie einzumischen? Auch wenn du Constanze magst, hast du nicht das Recht, ihr unverschämte, ja, ungehörige Fragen zu stellen... Ich wollte es zuerst nicht glauben...«

Ich setze mich.

»Also, mal ganz langsam: Wer hat dir davon erzählt? Hat ihr Vater dich im Büro angerufen oder die Mutter? Klar: die Mutter!«

»Nein, niemand von beiden. Aber das ist doch egal, Martin. Es gibt nur eines: Du rufst jetzt sofort bei Hilgers an und entschuldigst dich. Hörst du!«

»Erst will ich wissen, wer mit dir gesprochen hat.«

»Warum?« weicht Mutter aus. »Das ist doch jetzt nicht wichtig, Martin! Wichtig ist, daß du dich bei Hilgers

entschuldigst. Sag ihnen, du hättest Fieber gehabt. Das
stimmt doch auch. Ich bin sogar sicher, daß es daran lag.
Niemals hättest du...«
Ich unterbreche sie.
»Augenblick! Vielleicht solltest du einige Dinge wissen,
Mutter, ehe wir weitersprechen: Hier, lies einmal« – ich
krame nach ihrem Taschenbuch und reiche es ihr –, »lies
einmal, was hier steht! Es sind nur fünfzehn Zeilen!«
Während sie die Zeilen überfliegt, hole ich die Fotokopien
aus der Bibliothek hervor und lege sie auf Mutters
Schoß.
»Hier hast du noch mehr«, sage ich, als sie fertig ist und
irritiert den Kopf hebt. »Da kannst du einiges über
gebrochene Hals- und Lendenwirbel lesen, über lebens-
lange Schmerzen und über Frühinvaliden, über Zwerge,
die nie größer werden, über Turnerinnen, die keine
Kinder mehr bekommen können, weil sie schlechte Trainer hatten...«
Ratlos blätterte Mutter in den Zetteln, ohne indes zu
lesen. Sie sagt kläglich:
»Das sind doch Übertreibungen, Martin! Man weiß doch,
wie das geht, wenn die Presse so etwas in die Finger
bekommt, Constanze wirkte sehr gesund... Außerdem
ist das Sache ihrer Eltern.«
»Wirklich?«
Mutter wird unsicher.
Ich bohre nach:
»Ist das wirklich eine Sache, die mich nichts angeht? Ich
mag Constanze, Mutter! Ich... ich...« Ich will das
bekannte, allseits verwendete und doch so wunderbare
Wort nicht aussprechen, weil ich befürchte, daß es lächerlich wirken könnte, und sage deshalb einfach: »Ich...
habe Angst um Constanze, Mutter! Es geht um ihr Glück!
Das mußt du verstehen...«
Ja, sie versteht mich.
Ich sehe es ihren Augen, höre es ihrer Stimme an; doch
ihre Antwort ist zunächst unbegreiflich:

»Es geht auch um meine Existenz, Martin.«

Ich schlucke. »Um deine Existenz?«

»Ja.« Sie hat sich wieder gefangen, weint nicht mehr. Sie ist nur sehr ernst, als sie erklärt: »Ich will nicht drum herumreden, Martin. Außerdem bist du inzwischen alt genug, dir aus dem Vorgefallenen einen Reim zu bilden. Also: Weder ihr Vater hat angerufen noch ihre Mutter. Es war Herr Weißkirch.«

»Was? Weißkirch, der Textilfabrikant?«

»Ja. Theo Weißkirch, der den Verein unterstützt und Constanze sponsert, wie man heute so schön sagt.« In Mutters Stimme schwingt unterdrückte Bissigkeit mit, und ich atme auf. Wenn sie so spricht, wird das Taschentuch unnötig. »Alles weitere kannst du dir fast denken. Oder?«

»Nein«, gebe ich zu. »Mir ist nur klar: Constanzes Eltern haben sich also an ihn gewendet. Und er hat dich angerufen...«

»Nicht mich, sondern meinen Chef.«

»Nein!«

»Ja. Ich war selbst dabei, weil ich zufällig wegen einer Terminsache drin war... Das Ganze fing sehr harmlos an: Weißkirch bezieht einen Großteil seiner Werkzeugmaschinen über Gümpel & Co., verstehst du. Es ging um neue Lieferungen, Ersatzteile und Fragen der Spedition, die wir gewöhnlich mit übernehmen. Und wie nebenbei, vermute ich, brachte Weißkirch dann deinen Fall zur Sprache – sicherlich heiter und freundlich, wie ich ihn kenne. Ja, mein Chef lachte sogar und witzelte über die heutige Jugend und ihr gestörtes Verhältnis zu dem, was man Leistung nennt. Nur: Als er den Hörer auflegte, war jede Heiterkeit vorbei. Er sagte: ›Was macht Ihr Junge denn für Sachen, Frau Kopaz!‹ Dann erzählt er mir von deinem Anruf. Am Ende sagt er: ›Ich denke, Sie sollten mit Ihrem Sprößling jetzt einmal ein ernstes Wörtchen reden, nicht wahr?‹ Die Tür steht offen, und Bärbel Hallscheit hört jedes Wort, Martin.«

Für eine Weile schweigen wir.

Die Farben auf dem Bild gefallen mir nicht mehr; im Licht der Lampe wirkt es häßlich und noch immer etwas zu hell, zumindest hier und dort.

»Du mußt verstehen«, fügt Mutter schließlich hinzu. »Ich unterstelle Weißkirch nicht unbedingt eine böse Absicht. Er meint es vielleicht gut – mit allen: mit Constanze, mit dir... Er sieht das Ganze halt durch seine Brille, und Constanzes Eltern haben ihm zugesetzt... Aber: Er ist inzwischen so groß in der Stadt, so mächtig, daß schon seine Meinung Angst erzeugen kann – auf jeden Fall bei bestimmten Leuten, die von ihm abhängig sind. Und Gümpel & Co ist eine kleine Firma, verstehst du...«

Meine Kehle ist trocken.

»Und ich«, sagt Mutter und knibbelt an den Papieren, »und ich bin nur eine kleine Angestellte, ein auswechselbares Element in unserem Büro. Bärbel Hallscheit hat vorgesorgt: Sie hat sich durch ihre Kenntnisse am Computer ziemlich wichtig gemacht. Ich hätte damals selbst zu dem Lehrgang fahren können, der Chef hatte es mir angeboten. Aber ich denke: Als Sekretärin hast du ohnehin wenig mit den Maschinen zu tun. Soll doch die Hallscheit das machen... Wer konnte damals auch ahnen...«

Ich weiß das alles längst, kenne jedes Wort.

Und ich fühle mich plötzlich wieder krank, spüre Schmerzen in der Stirn. Auch mit meinem Magen ist in letzter Zeit etwas nicht in Ordnung. Bei der kleinsten Aufregung spüre ich Druck, wird mir leicht übel – so auch jetzt. Vielleicht vertrage ich den Terpentingeruch nicht oder die Farben.

Als Mutter schweigt, frage ich:

»Was soll ich tun?«

»Ruf Constanzes Eltern an, Martin! Tu es meinetwegen. Entschuldige dich und sag ihnen, daß du Fieber hattest. Und daß du's nicht wieder tust. Und laß Constanze im

Herbst den Titel holen, Martin – nur diesen noch! Dann kannst du um ihr Glück kämpfen. Ich verstehe dich ja. Doch du mußt auch mich verstehen. Wenn ich arbeitslos bin...«

Ich brauche ein Glas Wasser.

Mutter folgt mir in die Küche. Jetzt sind doch wieder Tränen in ihren Augen. Das ist das Schlimmste; und ich sage:

»Gut. Ich werde Constanzes Eltern anrufen, Mutter. Aber darf ich vorher noch mit ihrem Trainer sprechen? Er ist mein Freund. Vielleicht weiß er Rat.«

»Natürlich«, sagt Mutter; und ich sehe, wie Hoffnung in ihren Augen aufblitzt. »Eine gute Idee, Martin. Vielleicht kann er ein gutes Wort für dich bei Weißkirch einlegen...«

Helmut Warich ist im Fitneßkeller.

Janine holt ihn hoch.

»Ja?«

»Hier ist Martin, Herr Warich. Ich möchte Sie sprechen. Meine Mutter...« Die Sache ist rasch erzählt; und der Trainer hört zu, ohne mich zu unterbrechen. Er prustet und schnauft heftig, beruhigt sich aber allmählich, brummelt allerdings etwas Unverständliches vor sich hin, als ich ende: »Nun weiß ich nicht, was ich tun soll, Herr Warich. Mutter meint, ich solle Constanzes Eltern anrufen und um Entschuldigung bitten...«

Ist er noch dran?

»Hallo?«

»Ja, Martin! Ich hab mir nur den Mantel übergeworfen, verschwitzt wie ich bin. Also hör zu: Um Weißkirch kümmere ich mich persönlich. Das geht in Ordnung. Was Constanzes Eltern anbelangt: Du weißt ja, daß ich deine Fragen vernünftig fand und was ich von den Eltern halte. Nur: So spät noch bei ihnen anzurufen, um solche Dinge zu klären, war nicht gerade die feine Art, nicht wahr? Zudem hast du sie ziemlich rüde mit der Klingelei belästigt. Ruf sie an, und bitte sie um Entschuldigung, dann ist deine Mutter beruhigt, und Constanze muß sich nicht dauernd die Vorwürfe ihrer Eltern anhören...«

So geschieht es.

Olaf Hilgers, auffällig wortkarg, reicht mich an seine Mutter weiter. Diese hört meinen Spruch an und sagt dann:

»Na schön. Wenn es Ihnen leid tut, wollen wir die Sache vergessen. Es ist nun mal so: Wer's im Turnen zu was bringen will, muß hart dafür arbeiten. Constanze hat das gewußt, als sie damit anfing. Und ich habe ihr immer gesagt: Ein Freund ist auch nicht drin. Und wenn überhaupt, dann muß er halt auf vieles verzichten, da kann er nicht jeden Tag in die Disko wollen. Das geht nicht. Oder er muß sich eine andere Freundin suchen... Aber wie gesagt: Sie haben sich entschuldigt, und damit hat es sich.«

Ich wage zu fragen:

»Dürfte ich vielleicht Constanze kurz sprechen?«

»Nein«, sagt sie, »Constanze liegt schon im Bett.« Die Erkältung sei etwas schlimmer geworden, und man habe ihr Erkältungstee gegeben. Jetzt schlafe sie sehr tief. Fieber habe sie keines; und gegen den Husten habe Constanze sich ein Zäpfchen eingeführt. Davon sei sie wohl auch so müde geworden. Und letzten Endes sei das Training während der Wettbewerbsphase um vieles härter als in der Vorbereitungsperiode. »Immerhin ist es in wenigen Wochen soweit. Und der Trainer meint, Constanze würde...«

Ich weiß, was der Trainer meint.

Vor allem aber: Mir ist übel. Als Constanzes Mutter endlich auflegt, wanke ich fast zur Toilette. Und während ich mich übergebe, höre ich Mutter durch die Tür:

»Es ist also alles gut, Martin?«

»Ja«, würge ich hervor und spüre, daß es erneut hochkommt. »Ja, alles ist gut.«

»Und der Trainer will sich um Weißkirch kümmern?«

»Ja, ja.«

Schon geht es los.
Und irgendwo sagt Mutter:
»Danke, Martin!«
Als ich im Bett liege, ist die Übelkeit fort. Wahrscheinlich habe ich wieder etwas Fieber, womöglich als Folge der nicht ganz auskurierten Erkältung. Eine Zeitlang wälze ich mich herum, dann beginne ich zu heulen – warum, das ist im Augenblick nicht meine Frage. Ich weiß nur: Ich will heulen. Und es tut gut.

Mutter hat noch Chinin-Tabletten im Arzneischränkchen; und ich schlucke am Morgen gleich drei auf einmal. Zunächst ist mir nicht gut; dann werde ich müde. Als ich gegen zwölf am Mittag erwache, bin ich schweißgebadet, doch der Kopfschmerz ist weg. Nach dem Duschen habe ich bereits wieder Hunger; und nach dem Essen fühle ich mich stark.
Die Sonne scheint durchs Fenster.
Da Constanze heute bis fünfzehn Uhr Ballettunterricht und danach noch eine Stunde Massage hat, habe ich Zeit. Bei Sonnenlicht gefällt mir mein Bild wieder. Es ist eben ein großer Unterschied, welches Licht du hast; und ich denke daran, wie schön es wäre, ein Atelier zu haben – mit riesigen Fenstern, abseits gelegen, damit die ganze Wohnung nicht tagelang nach Terpentin und Farbe riecht. Aber das alles ist erst möglich, wenn du ein großer Maler bist und Geld verdienst. Und ein großer Maler wirst du nur, wenn du dich ganz deiner Kunst hingibst, alles für sie tust. Und wenn du alles für sie tust, brauchst du jemanden, der dir dein Brot bezahlt, das du dir in den Magen schiebst: Weißkirch zum Beispiel.
So allmählich kapiere ich das System.
Ich komme mir sehr erwachsen vor, als ich mir vor dem Spiegel die Flusen wegrasiere. Und wie ein Künstler sehe ich auch aus – nein, jetzt nicht mehr: Ich ziehe Fratzen, zeige mir die Zunge. Zum Glück habe ich keine Pickel,

wie viele andere in meinem Alter. Und auch sonst hat mich die Pubertät nicht allzu arg verschandelt: die Nase ist groß, das Kinn stark, die Augenwülste etwas kräftig. Na gut: Wir hatten das im Bio-Unterricht bei Kerkling. Sein Kommentar: Das geht vorbei! Nun: Vielleicht könnte ich etwas größer sein. Aber dann würde ich nicht zu Constanze passen... Also: Wozu hadern! Die Welt ist schön! Die Welt ist fein!

Und wieder stehe ich vor dem Bild.

Vater hatte nur bei Tageslicht gemalt, nie bei künstlicher Beleuchtung. Ich sollte jetzt weitermalen, sollte das Bild vollenden – in einem Zug! Doch ich male nicht, bin überhaupt nicht fähig dazu. Ich setze mich, starre auf die Leinwand; und immerzu geht es in meinem Kopf herum: Constanze muß glücklich werden! Ich will ihr Glück, ihr Glück, ihr Glück!

Dann erhebe ich mich.

Die Nummer ist rasch herausgesucht und gewählt.

»Ja? Textil Weißkirch.«

»Martin Kopaz. Ich hätte gern Herrn Weißkirch gesprochen – persönlich.«

»Augenblick.«

Ja, plötzlich bin ich erwachsen; während ich warte, pfeife ich leise vor mich hin.

»Hallo? Sind Sie noch am Apparat?«

»Ja.«

»Wen wollten Sie sprechen, bitte?«

»Herrn Weißkirch.«

»Augenblick.«

Endlich:

»Wen darf ich melden? Und worum geht's?«

Ich rutsche mit dem Rücken an der Tapete im Korridor herunter und sitze auf dem Teppich, den Hörer am Ohr, und sage:

»Melden Sie Martin Kopaz! Und es geht um Constanze.«

»Mh... Augenblick, bitte!«

Es wird eine kleine Ewigkeit, nein, mehr noch.

Dann:

»Weißkirch.«

»Guten Morgen, Herr Weißkirch. Mein Name ist Martin Kopaz.«

Jetzt wird mir doch etwas komisch; und ich muß mich erheben, ob ich will oder nicht. »Es geht um... Constanze, Herr Weißkirch.«

»Ah! Du bist Martin, der Freund von der kleinen Hilgers, nicht wahr? Warte mal: Frau Kappel, würden Sie bitte einmal die Tür schließen? Ich verstehe kein Wort! Ja, danke! So! Da bin ich wieder: Also, du möchtest mich sprechen... Nun, ich denke, die Mißverständnisse sind aus der Welt. Warich hat mir's gesagt. Du hast dich entschuldigt – und gut! Weißt du: Das Mädchen braucht jetzt Ruhe, das heißt, keinen Ärger. Das Training in der Endphase ist hart genug... Und sie braucht gute Nerven... Verstehst du?«

Ich wundere mich etwas, wie warm seine Stimme klingt. Eigentlich hatte ich eine scharfe, kalte Stimme erwartet. Das macht mir Mut. Ich frage:

»Warum tun Sie das alles, Herr Weißkirch?«

Nach einer kurzen Pause:

»Ich... verstehe nicht recht...«

»Ich frage: Warum Sie das alles tun. Ich meine: Warum stecken Sie Ihr ganzes Geld in den Verein und in Constanzes Ausbildung?«

Er lacht.

Dann sagt er, immer noch heiter gestimmt:

»Also, mein ganzes Geld stecke ich weder in den Verein noch in Constanzes Aufbau, Martin! Auch bei meinen Spenden muß ich Unternehmer bleiben und scharf kalkulieren, mein Lieber! Machen wir es kurz: Natürlich kostet mich meine Liebhaberei einen Batzen Geld... Das kann sich jeder selbst ausrechnen. Aber das Verdienstkreuz, das mir unser Landesvater vor einem Jahr um den Hals hängte, habe ich mit Sicherheit nicht deswegen bekommen, weil ich Geld ausgebe. Nein: Es hat etwas mit meiner persönlichen Einstellung zum Leben zu tun, wenn du weißt, was ich meine.«

Ich weiß es natürlich nicht; und er fährt fort:

»Als ich den Betrieb meines Vaters übernahm, Martin, war das ein kleiner Saftladen – mit drei, vier Angestellten und einem Hausverwalter. Heute arbeiten bei mir über fünfhundert Menschen. Und sie verdienen kein schlechtes Geld, dafür bin ich bekannt – auch, daß ich eng mit der Gewerkschaft und dem Betriebsrat zusammenarbeite. Andere Unternehmer nennen mich den ›roten Theo‹, verstehst du! Doch ich will nicht politisch werden. Ich weiß nur: Ich habe hart gearbeitet in meinem Leben, Junge, und dafür einiges angeschafft... Ja! Siehst du, deshalb habe ich mir immer gesagt: Wer arbeitet, soll auch seinen Lohn bekommen, wer viel arbeitet viel, wer wenig arbeitet weniger – das gilt natürlich in qualitativer und quantitativer Hinsicht. Also: Wer etwas kann, soll auch etwas dafür kriegen! Jetzt denk mal an die kleine Hilgers...«

Ich denke die ganze Zeit an sie.

Er sagt weiter:

»Sie ist die geborene Turnerin, Martin! Sie bringt nicht nur die körperlichen Voraussetzungen mit, sondern sie hat – wie Warich sagt – ein Kämpferherz! Und sie hat Musikalität und Anmut! Weißt du: Sie ist zu schade, um irgendwann einmal anderer Leute Treppen zu putzen... Sie soll einmal auf dem Treppchen stehen, ganz oben, verstehst du? Dort gehört sie hin, die kleine Hilgers! Nun bist du dran!«

Höhen und Tiefen

Constanze sieht blendend aus!

Manchmal denke ich: Am Ende wirst du noch verrückt vor lauter Liebe. Ja: Ich spreche dieses Wort jetzt unbefangen aus – natürlich nicht vor ihr, sondern vor mir selbst. Ich weiß, daß es nur dieses eine Wort dafür gibt: Liebe! Ich sage es vor dem Spiegel, sage es vor meinem Bild, das mir plötzlich wieder zu dunkel erscheint, wenn ich an Constanze denke. Aber ich rühre es nicht an: Jeder Strich wäre eine Beleidigung meiner kleinen, dünnen Constanze!

Nun lach schon!

Lach mich aus, ich habe es verdient...

Und doch: Es ist so! Vaters Hilflosigkeit gegenüber Venedig sehe ich nun wieder in einem anderen Licht; und ich glaube, jetzt habe ich die Wahrheit: Er hat Venedig geliebt – dieses Licht, diese Paläste, diese Brücken, das Wasser, den Himmel, die Menschen, die Farben, die Musik, die Tauben auf dem Markusplatz, ach, was weiß ich! Du kannst nicht malen, was du liebst!

Es sei denn...

Siehst du, so ergeht es mir des öfteren: Wenn du in schönsten Träumen schwelgst, bricht unweigerlich ein dunkler Gedanke ein; und dann wirst du traurig. In diesem Falle ist es der Tod, der sich dazwischendrängt: Vielleicht wirst du das, was du liebst, wieder malen können, wenn es nicht mehr da ist, wenn es nicht mehr existiert. Dann begnügst du dich mit der Kopie, weil du weißt, daß... Ach, Unsinn!

Hör doch auf mit dem Quatsch!

Der Gedanke treibt mich aus dem Haus – zur Turnhalle hin. Die Endphase des Trainings hat begonnen. Dazu nur folgendes: Trainer Helmut Warich hat mich auf eine mögliche Erscheinung vorbereitet, die bei vielen Athleten im hochtrainierten Zustand zu beobachten sei, auf eine überhöhte Reizbarkeit und Aggressivität, die sich bis zu Wahnideen steigern können. Wörtlich: »Der Sportler, Martin, ist körperlich völlig fit, doch Störungen im vegetativen Nervensystem spielen ihm dumme Streiche: Er hat wenig Appetit, schläft schlecht und spürt zuweilen eine gewisse Unlust... Nun denk nicht gleich, er sei krank! Das ganze ist stinknormal. Klar? Sollte es also zu sogenannten Formen des addisonoiden Übertrainings kommen, werde ich andere Akzente beim Training setzen. Zudem habe ich schon was Wichtiges getan, Martin: Constanze kennt dieses Phänomen, ist von mir darüber aufgeklärt worden. Das bedeutet: Sie kann durch Selbstkontrolle manches ausschalten, verstehst du. Ansonsten kommt es auch auf dich an: Sei besonders lieb zu ihr, und biete ihr in der knappen Freizeit, die euch zur Verfügung steht, viel Abwechslung. Hörst du? Aber: Ich denke, bei meiner Trainingsstrategie wird es ohnehin nicht dazu kommen...«

Und er scheint recht zu behalten:

Als ich in die Halle trete, sehe ich, daß Constanze auch heute in Topform ist. Ach was: Zuerst sehe ich nur ihr Gesicht, die blühend roten Wangen, das Lächeln, das sie mir zuwirft, ihre Augen, in denen das Hallenlicht blitzt. Dann sehe ich natürlich ihren Körper, ihre Bewegungen, all ihre Kraft, die dieses schlanke, kleine Mädchen ausstrahlt und die sie groß macht. Dabei ist sie noch immer etwas erkältet – schon seit Wochen eigentlich, aber was heißt das schon: »Turnen macht halt widerstandsfähig!« pflegt Constanze zu sagen; und ich glaube ihr. »Ich war noch nie so gut, Martin, noch nie so kräftig! Ich werde es schaffen, ich muß es schaffen!«

Ja, sie muß! So denke auch ich.

Wider Erwarten ist Constanze am Abend sehr still. Auf dem Heimweg hustet sie. Das ist nicht neu. Sie hustet häufig gerade am Abend, weil dann – wie sie sagt – die Wirkung des Zäpfchens nachlasse. Aber daß sie so wenig sagt, das beunruhigt mich. Constanze spricht ansonsten gern, meist übers Turnen; aber das ist mir gleich.

Wir haben noch etwas Zeit.

Doch sie will heim.

»Ist dir nicht gut, Constanze?«

»Nein. Aber ich brauche viel Schlaf während der letzten Phase, verstehst du. Ich werde rasch matt in letzter Zeit – nach dem Training, immer nach dem Training. Und ich habe schreckliche Angst, daß ich vor dem Turnier schlapp mache, Martin. Dann war alles umsonst... Und alle sind enttäuscht. Manchmal kann ich deswegen nicht einschlafen...«

Das kommt sehr überraschend.

Ich sage:

»Aber du hast doch immer gesagt, du seist so stark wie noch nie! So kräftig!«

»Bin ich auch – während des Trainings, verstehst du. Aber nach dem Training und in der Nacht... Selbst die Zäpfchen helfen da nicht oder Tabletten. Ich werde wach und habe Angst: Wenn du schlapp machst, ist alles vorbei, sage ich mir. Und du darfst sie nicht enttäuschen. Wahrscheinlich werde ich beim Turnier versagen... Paß auf! Dann werden sie mit Fingern auf mich zeigen und lachen. Nicht alle mögen mich, ich glaube, nicht einmal Melanie...« Sie hustet.

»Unsinn! Was redest du da...«

»Und sie werden alles auf dich schieben, Martin. Wirst sehen: Vater und Mutter werden sagen...«

»Du versagst nicht! Du bist besser als je zuvor. Der Trainer sagt das, Anderson sagt das... Auch ich sage das: Du bist einmalig! Wirklich!«

»Ich weiß, beim Training. Aber...«

Ich bleibe stehen und drehe sie zu mir herum.

»Hör zu: Was du jetzt erlebst, erleben viele Athleten, Constanze: Man nennt das addisonoides Übertraining. Das ist ein stinknormaler Zustand während der letzten Trainingsphase vor einem Wettbewerb. Der Trainer hat dich noch auf die Symptome aufmerksam gemacht. Sei also unbesorgt!«

»Ja, er hat davon gesprochen.«

»Na also.«

»Und du meinst...«

Ich hake sie unter, gehe weiter.

»Aber ja! Wenn du willst, spreche ich morgen mit dem Trainer darüber.«

Ruckartig bleibt sie stehen.

»Nein!« sagt sie und hustet neu. »Bitte, sag ihm nichts, Martin! Bitte!«

»Warum denn nicht?«

»Er wird das Training abbrechen!« In ihren großen, dunklen Augen ist Angst. »Martin, sag ihm nichts! Ich muß weitertrainieren. Ich darf jetzt keine Pause einlegen – jetzt, kurz vor dem Titel. Ich bin doch gesund, hörst du? Es ist doch nur...«

»Eben«, nicke ich. »Er wird lediglich ein wenig das Training ändern. Das reicht schon, wie er sagte. Und alles geht in Ordnung.«

»Nein! Er darf nichts ändern, Martin! Ich kenne das: Er wird dann wieder mehr Grundlagentraining machen, Gymnastik, Tanz und so... Was ich brauche, ist Kraft, vor allem Sicherheit bei den Akros. Alles andere ist Zeitvergeudung, so kurz vor dem Turnier.«

»Schön. Dann sage ich nichts.«

Wir gehen weiter.

Constanze ändert plötzlich die Richtung.

»Du bist nicht mehr müde?«

»Nein«, sagt sie. »Ich bin jetzt wieder hellwach. Weißt du was? Ich möchte jetzt Pommes frites essen – zwei Portionen!«

»He!«
»Ja. Zwei Portionen – mit Mayonnaise!«
»Damit du kugelrund wirst«, sage ich lachend und drücke sie fest an mich, »und über den Schwebebalken rollen kannst...«
Auch sie lacht, hustet und antwortet:
»Nein. Aber ich habe seit dem Frühstück nichts mehr im Magen.«
»Das hast du? Bist du wahnsinnig?«
»Nein, nur hungrig!« kichert sie. »Aber im Ernst: Ich habe dir doch mal gesagt, daß vor den Wettbewerben noch ein Kilo runter muß. Und da ich ohnehin kaum Fett am Körper habe, ist das eine harte Arbeit... Aber jetzt ist mir alles egal. Vielleicht macht mich der Hunger so trübsinnig...«
Nun, wir essen beide kräftig. Und in einer Apotheke mit Nachtdienst bekomme ich sogar Tabletten gegen Constanzes Husten. Dann vergessen wir die Uhr. Es ist sehr lau an diesem Abend; und ein würziger Duft weht vom Forst herüber. Wir sagen nichts, doch wir wissen auch so, wohin wir wollen.

An dieser Stelle möchte ich etwas über das Verhältnis zwischen Constanze und mir sagen – auf die Gefahr hin, von dem einen oder anderen belächelt zu werden. Also: Daß Constanze knapp unter fünfzehn ist und noch minderjährig wie ich, ist mir klar. Aber ich schwöre: Für die Art unserer Beziehung ist das nicht ausschlaggebend. Na gut: Ich bin, wie schon gesagt, ziemlich altmodisch in gewissen Dingen, ein richtiger – wie sagte ich doch? – Edelmacker; und vielleicht ist man als solcher zurückhaltender. Aber von all dem einmal abgesehen: So wie es zwischen Constanze und mir steht, so ist es gut. Kurz: Die Dinge, die meine Schulkameraden im Zusammenhang mit Mädchen ziemlich selbstgefällig und ungeniert in die Welt herumposaunen, spielen sich zwischen Constanze und mir nicht ab. Und jetzt halt dich fest: Nicht einmal geküßt haben wir uns bisher!

Ganz ehrlich.

Ich bin sicher, sie hat oft daran gedacht, wenn wir beisammen waren; und von mir weiß ich es natürlich genau. Aber zwischen Denken und Handeln klaffen zuweilen Welten, zumindest bei Constanze und mir. Oft habe ich auf ihren Mund gesehen, wenn sie sprach oder lachte, und ich habe mir vorgestellt, wie weich und warm ihre Lippen sind. Nun ja: Ganz komisch wird dir dabei, fast schwindlig. Doch ich habe mir immer gesagt: Wenn es soweit ist, werden wir es tun.

Und wenn es noch zehn Jahre dauert!

Was kümmert mich das Geprotze der anderen!

Mag es jeder halten, wie er will: Constanze und mich gibt es nur einmal, und unsere Liebe gibt es auch nur einmal auf der Welt. Es ist unsere ganz persönliche Liebe, und wir können damit machen, was wir wollen.

Aber weiter:

Es zieht uns also zum Forst.

Alltags siehst du kaum Menschen dort, selbst wenn das Wetter schön ist wie heute. Außerdem sind zur Zeit viele verreist, und das macht sich bemerkbar. Am Ende sind wir ganz allein.

Es dämmert.

Und es ist sehr still.

Über den Wiesen liegt der Nebel; und am tiefblauen Himmel steht der weiße Mond, blinken da und dort die ersten Sterne.

Constanze lehnt sich an mich.

Ich denke, während wir langsam dahinschlendern: Sie ist so leicht, noch leichter als sonst – fast wie ein Vogel, den du in der Hand wiegst. Es zieht uns unweigerlich zu einer bestimmten Stelle im Forst.

Dort bleibt Constanze stehen.

Nein, ich bleibe stehen.

Unsinn: Wir bleiben beide stehen.

Fast wie von selbst berühren sich unsere Lippen, und ich decke Constanze, die in der dünnen Sommerkleidung zittert, mit meinen Armen zu. Als wir die Augen öffnen, ist es fast dunkel.

Und sie sagt leise:

»Wenn du jetzt sagst: Hör mit dem Turnen auf! Dann tu ich's. Wirklich, dann...«

Ich ziehe sie erneut an mich und schließe ihr den Mund. Doch als wir uns wieder anschauen, sagt sie sogleich:

»Ich tu's wahrhaftig, Martin!«

Ich schüttele den Kopf.

Sie sagt:

»Komm, sag es! Probier es!«

Nein, ich sage es nicht, will es nicht probieren.

Ich will sie wieder an mich ziehen, doch sie macht sich frei und sagt:

»Ein Wort! Und ich höre auf! Sofort!«

Nein, kein Wort.

Auf dem Heimweg sprechen wir wenig. Erst vor ihrem Haus sagt sie: »Ich hätte es getan, Martin, nur für dich... Aber es ist schön, daß du's nicht gesagt hast. Es ist wunderschön! Ich... ich werde dich immer gern haben, Martin! Ich bin so glücklich, daß du's nicht gesagt hast. Du glaubst das nicht! Jetzt bin ich noch stärker, viel stärker. Ich spüre das...«

Ja, ich glaube ihr.

Zu Hause vor dem Spiegel sehe ich, daß ich rote Farbe an den Wangen habe. Ich wische sie fort; und Mutter, die aufgestanden ist, schaut zur Tür herein.

»Es ist spät geworden.«

»Ja«, sage ich.

»War's denn schön?«

»Ja, wunderschön, Mutter.«

»Soll ich dir noch was zurecht machen?«

»Nein, danke. Ich habe gegessen.«

»Wie geht's Constanze?«

»Gut.« Ein wenig spukt die rote Farbe in meinem Gehirn

herum. Es ist zu blöd: Sie trübt meine Stimmung, und ich weiß nicht warum. Es ist ihr gutes Recht, Rouge zu benutzen. Auch Mutter tut das, wenn sie ausgeht... Ich sage: »Constanze ist in Topform. Sie wird den Titel holen, Mutter.«

»Wie schön für euch.«

Warum benutzt sie Rouge? Diese blöde Frage dreht sich in meinem Kopf herum, herum und immer wieder herum – so heftig und unnachgiebig mittlerweile, daß mir richtig schwindelig wird davon, sogar im Bett. Es gibt so viel Schönes an diesem Tag, er ist so prall an guter Erinnerung; doch ich denke immerzu: Warum benutzt sie Rouge? Warum?

Rrrrumms!

Wie von einer Sehne abgeschossen, schnellt der kleine Körper Constanzes auf das Gerät und von hier nach kurzem Aufsetzen weiter empor. Für Sekunden scheint er schwerelos in der Luft zu bleiben, und in diesen Sekunden vollzieht sich in rasender Geschwindigkeit das, was in der Hauptsache über den Titel an diesem Gerät entscheidet: Saltos, Schrauben und schier unmögliche Bewegungen, die Fachleute von den Sitzen reißen und Kampfrichter zu hohen Punktewertungen animieren. Und man muß stehen!

Ich bin etwas mißtrauisch.

In der Nacht habe ich kaum geschlafen; und jetzt bin ich – wie gesagt – etwas mißtrauisch. Constanzes Gesicht läßt mich nicht los, dieses strahlende Gesicht mit den roten Wangen! Macht Rouge es so glühend oder gar Fieber?

Die Landung: Gedankenvoll verzerrt sich dieses Gesicht zur Grimasse, ich kann nicht anders sagen. Doch: Dann lächelt es – so sehr, daß ich aufatme und die zuckenden Lippen und die aufgerissenen Augen vergesse – nur kurz. Dann:

Rrrrrummms!

Schon fliegt sie wieder ab, wirbelt ihr Körper herum, fällt Constanze zu Boden – doch sie steht! Und wieder pressen sich die Lippen zu einem Strich zusammen, zuckt es in ihren Mundwinkeln, zeichnen sich ihre Zähne an den Wangen ab, treten ihre Backenknochen bizarr hervor, öffnen sich die Augen weit – und Lächeln!

Ich gehe zum Trainer.

»Na klar«, sagt er. »Sie muß ein ungeheuerliches Gewicht auffangen, wenn sie stehen bleiben will. Das ist Wahnsinn, ich weiß. Und das ist kein Sport mehr, verstehst du: Es ist gegen die Natur! Ein Körper will auspendeln. Verlange von einem Leichtathlet im Weitsprung, daß er nach der Landung auf der Stelle verharre! Wahnsinn! Aber die Kampfrichter wollen das so. Den Mund habe ich mir fusselig geredet, und Briefe habe ich geschrieben – nach ganz oben! Am Ende machst du dich unbeliebt, und dein Zögling muß es ausbaden... Also hältst du die Schnauze!«

Rrrrrummms!

Ich mag nicht mehr hinschauen, fliehe ans Ende der Halle zu Frau Bilke, die mit den Jüngsten auf der Matte turnt – bei Klaviermusik.

Rrrrrummms! Rrrumms!

Ich mag es nicht mehr hören und gehe in die Nebenhalle, wo Willi Anderson die Dehn- und Kraftübungen der übrigen betreut. Schon vor der Tür höre ich ihn brüllen, daß die Wände wackeln. Aber besser das! Besser sein Gebrüll!

Zu mir ist er freundlich.

Ich frage:

»Na, geht es voran?«

»Ja«, sagt er und schaut bissig zur Bank hinüber, auf der ein Mädchen sitzt und weint. Das habe ich häufig erlebt, daß Mädchen weinen. Das gehört zum Turntraining wie das Magnesium-Pulver oder die Nierenwärmer, die die Mädchen um die Hüfte tragen. Man gewöhnt sich daran.

Willi Anderson:

»Sabine zieht mal wieder ihre große Show ab!« Er brüllt so laut, daß Sabine es hören kann – auch die übrigen, die im Spagat am Boden hocken und ihre Oberkörper nach vorn bis auf die Bretter beugen. »Wenn sie hier herkommen, dann sollen sie auch was lernen. Da müssen sie schon mitmachen – auch, wenn's weh tut! Zimperliesen brauchen wir hier nicht, verstehst du!« Er unterbricht sich: »Ja, komm, komm!« Ein Mädchen kommt nicht bis auf den Boden, ächzt und stöhnt. »Da mußt du durch, Annegret! Da kannst du dich nicht selbst belügen! Du kannst nicht sagen: Das habe ich ungefähr geschafft! Das geht nicht! Man kann nur sagen: Ich habe es geschafft oder nicht geschafft, verstehst du? Alles andere ist eine Lüge!«

Ich weiß nicht, warum er immer schreien muß.

Aber er schreit.

Und ich denke an Constanze, die etliche Jahre mit diesem Grobian trainiert hat. Na gut: Vielleicht ist eine gewisse Härte in dieser Sportart nötig, aber mir reicht es schon wieder. Ich will gehen.

Er hält mich fest.

»Wenn das einer sieht, der keine Ahnung vom Turnen hat«, sagt er, »der meint, das wäre grausam. Natürlich: Die Übungen müssen bis an die Schmerzgrenze gehen, sonst kannst du sie vergessen. Und von Kinderschinderei kann erst recht keine Rede sein: Es gibt Untersuchungen, die beweisen, daß der Höhepunkt der Gelenkigkeitsentwicklung zwischen dem achten und vierzehnten Lebensjahr liegt. Mit acht, neun – zum Beispiel – ist die Beweglichkeit der Wirbelsäule am größten, danach nimmt sie ständig ab. Verstehst du? Und um die Gelenkigkeit von Hüfte und Schultergürtel zu verbessern, setzt du am besten zwischen dem zehnten und dreizehnten Lebensjahr an. Ist das bis dahin nicht passiert, kannst du's vergessen. Da ist nichts mehr drin. Also sag selbst: Was bleibt uns anderes übrig, als mit Kindern zu arbeiten. Und wenn du im Turnen international was reißen willst...«

Eine eigenartige Logik! Fröstelnd ziehe ich mich zurück.

Frau Bilke hat inzwischen vom Boden zum Stufenbarren gewechselt. Da Constanze die Halle verlassen hat und Trainer Helmut Warich auf der Bank sitzt und in irgendwelchen Papieren blättert, bleibe ich eine Weile dabei. Der Reiz: Wie bei Willi Anderson vorhin ist es mir vergönnt, durch ein Guckloch in Constanzes Vergangenheit zu blicken. Denn: All das, was ich hier sehe, hat Constanze mit Sicherheit tausendfach selbst erlebt, als sie noch nicht der Star des Vereins war und keinen Profi-Trainer hatte.

Christa Bilke hat eine andere Art. Sie schreit nicht wie Willi Anderson, ist meist freundlich, doch ebenso unerbittlich, wenn es um die Ausmerzung von Fehlern geht, das habe ich längst bemerkt. Überhaupt: Es ist ganz offensichtlich eine Eigenart der Übungsleiterin, nie voll zufrieden zu sein, Lob – sofern es gespendet wird – meist mit einem Aber zu versehen. Der Sinn leuchtet mir natürlich ein. Nur: Was richtet diese Taktik im Inneren der Kinder an, ich meine, in ihren Köpfen oder Herzen, wie man so schön sagt. Ich weiß es nicht, will aber darüber nachdenken.

Zwei weitere Beispiele:

Ein spindeldürres, kleines Ding rutscht bei der Hocke auf dem unteren Holm leicht ab, stößt sich und sagt leise: »Aua!«

Kommentar der Übungsleiterin:

»Wenn dir das beim Wettkampf passiert, ziehen sie dir drei Zehntel Punkte ab, Anita! Du mußt lächeln, verstehst du? Lächeln!«

Ich mag das nicht glauben; aber es ist wahr.

Andererseits:

Monika Schürmann, eine zehnjährige Turnerin, kommt beim schwungvollen Absprung vom oberen Barrenholm aus der Richtung, macht eine ziemlich ulkige Figur dabei, kullert über die Matte – und lacht sich, auf dem Rücken liegend – halbtot!

Die umstehenden Mädchen fallen mit ein.
Ich denke noch: Junge, endlich mal Stimmung!
Da höre ich Christa Bilke:
»Was machst du! Monika!«
Ihre Stimme ist freundlich, doch ernst.
Monika Schürmann rappelt sich hoch, prustet noch immer und knibbelt verlegen am Taillengummi.
»Monika! Du lachst...«
Augenblicklich wird Monika Schürmann ernst.
Und die Übungsleiterin bohrt nach:
»Du hast einen Fehler gemacht! Wie kannst du lachen, wenn du beim Turnen einen Fehler machst!«
Ich kann nicht an mir halten:
»Soll sie denn weinen?«
Frau Bilke übergeht meinen Zwischenruf.
Verstehst du: Das raffst du nicht! Es ist doch gut, über eigene Schwächen zu lachen! Nein: Eine gute Turnerin hat nichts zu lachen. Das heißt: Sie muß lächeln, auch wenn ihr zum Heulen ist! Na gut: Frau Bilke ist nicht in allen Turnhallen zu Hause. Aber: Vielleicht ist es ihr Geist, der überall herumschwirrt, befürchte ich jedenfalls. Ich gerate in Wut. Sie kommt mir mit einem Male hoch, wenn ich an Constanzes Kindheit denke. Und ich war nicht dabei, konnte sie nicht in meine Arme nehmen, wenn sie auf dem Bänkchen am Rande der Halle hockte und weinte. Haben es ihre Eltern getan? Ja, wenn es um Titel und Ehren ging. Von der Krückerei des Trainings haben sie sich weitgehend ferngehalten. Constanze war ja in guten Händen: bei Willi Anderson und Christa Bilke! Ich muß aufhören; Trainer Helmut Warich hat sich erhoben, kommt auf mich zu.
»Sie bleibt lange weg, Martin! Schau doch mal nach!«
Ich wende mich zur Tür, er ruft:
»Augenblick!«
Als wir außer Hörweite der anderen sind, sagt er:
»Irgend etwas stimmt mit ihr nicht, Martin. Sie turnt gut, aber... Ich weiß nicht. Ist da was zwischen euch?«

»Nein, Herr Warich.«

»Hat sie mal dummes Zeug geredet? Ich meine: Ist sie dir seltsam gekommen in letzter Zeit? Hast du Klagen gehört?«

»Nein«, sage ich.

Ich sage es sehr rasch, er horcht auf.

»Also doch!«

»Nein, wirklich nicht. Nur: Sie hungert. Das macht sie nervös. Und wir waren gestern abend lange aus. Sie ist sehr spät ins Bett gekommen.«

»Nicht schlimm!« lächelt er und boxt mir gegen den Oberarm. »Hattet ihr denn wenigstens Spaß?«

Ich werde rot, er sagt schnell:

»Na gut. Aber du weißt: Das ist genau das Richtige gegen die negativen Erscheinungen des Hochtrainings, verstehst du. Außerhalb der Halle muß sie ganz weg vom Turnen! Und dafür bist du genau der richtige Mann! Zu Hause reden sie doch auch nur vom Turnen und vom Wettbewerb in drei Wochen! Das verschlimmert die Symptome. Also komm: Geh mal zu ihr!«

Ja, er meint es gut mit Constanze und mir.

Und ich bin sicher: Ein Wort von mir über das gestrige Gespräch mit ihr, und Trainer Helmut Warich ändert sofort das Trainingsprogramm, unterbricht es möglicherweise sogar für kurze Zeit. Aber Constanze will es nicht. Offen gestanden: Auch ich will es nicht mehr, trotz meines Mißtrauens, das in mir seit gestern abend erwacht ist. Es sind unter Umständen dumme Gedanken, eigentlich durch nichts belegt, außer durch ein wenig Rouge, das ich mir am Vorabend von der Backe wische ... Ich glaube, auch mich hat so eine Art Wettbewerbskoller erfaßt wie Constanze. Und ich sage mir:

Reiß dich zusammen: Geh zu ihr!

Sie sitzt wieder in der Ecke wie damals, gebeugt, den Kopf in die Hände gestützt. Ich sehe sie, bevor ich klopfen kann: denn die Tür steht einen Spaltbreit offen.

Erschreckt fährt sie mit dem Kopf hoch.

»Martin!«

Ihre Augen sind rot; sie hat geweint, das ist sicher. Aber weder Traurigkeit noch Verzweiflung zeigt sich in ihren Zügen. Was ich sehe, ist Zorn, ja, Zorn, ohne Frage.

Das beruhigt mich etwas.

»Was ist los? Was hast du, Constanze!«

Sie antwortet nicht, wendet sich ruckartig ab.

Ich setze mich neben sie, lege meinen Arm um ihre Schultern und ziehe sie zu mir heran. Ich spüre leichten Widerstand und frage:

»Was habe ich getan?«

Jetzt weint sie still vor sich hin; und ich warte eine Weile, weil ich nicht weiß, was ich sagen soll. Ich streichele ihren Arm und reibe meinen Kopf an ihrem, dann küsse ich ihre nassen Wangen; und sie beruhigt sich allmählich. Am Ende zieht sie noch etwas in der Nase. Und ich wiederhole meine Frage:

»Was habe ich getan, Constanze?«

Sie sagt:

»Du bist weggegangen.«

»Aber...«

»Du hast mich allein gelassen, Martin!«

»Ich war doch nur nebenan...«

»Und ich war allein.«

»Ist es nur das?« Ich kann nicht anders: Ich muß lachen. Und mir ist, als wenn in mir eine Riesenlast zusammenkracht. Ganz fest halte ich sie in meinen Armen und spüre ihre Wärme. »Ist es wirklich nur das? Constanze!«

Sie weint und lacht zugleich.

»Ja«, sagt sie. »Du darfst mich nicht allein lassen. Das geht nicht mehr!«

Nein, sie hat recht.

Ich presse sie an mich; und sie macht sich ganz klein, viel

kleiner, als sie ohnehin schon ist – so, als wolle sie in mich hineinkriechen.

Und ich verspreche ihr:

»Ich tu es nicht wieder, nie wieder.«

Als wir uns schließlich erheben, scheint alles wieder gut. Was heißt scheint: Sie lacht und wird mit einem Mal ziemlich ausgelassen. Ihre Wangen glühen, ihre Augen glänzen. In der Tür fahre ich aus Spaß mit dem Finger über das Rot ihrer Wangen und sage:

»Und was ist das?« Dabei halte ich ihr die Fingerkuppe vor die Augen. Sie lächelt.

»Was soll damit sein, Martin?«

Ich sehe selbst nach und staune: Kein Rouge auf meinem Finger. Ich kneife ihr in die heiße Wange.

»Gestern hast du mich ganz rot gemacht!«

Sie sagt:

»Ja. Ich hatte etwas Rouge aufgelegt nach dem Duschen. Aber komm: Ich möchte jetzt arbeiten! Wenn ich den Titel holen will, muß ich stärker sein als ein Bär!«

Ich kann nicht anders: Ich muß mich dem Trainer anvertrauen, während Constanze duscht. Natürlich erzähle ich ihm nicht alles, ergehe ich mich in Andeutungen. Helmut Warich nickt nachdenklich.

»Ja«, sagt er, »das ist an sich typisch: Einmal ganz oben, dann wieder unten – hochjauchzend und zu Tode betrübt. Ich werde für morgen einen Waldlauf anordnen, obwohl ich finde, daß die Symptome noch zu allgemeiner Natur sind, um rigorose Maßnahmen zu ergreifen. Aber immerhin: Sie ist dünnhäutig und gereizt. Ich werde zudem Schwächen im gymnastischen Bereich feststellen – natürlich pro forma, versteht sich, und darauf drängen, die tänzerischen Teile der Bodenkür noch einmal intensiv zu üben. Sie wird nichts merken, Martin. Und nächste Woche ist sie wieder unsere Constanze, wie wir sie kennen.«

Das beruhigt mich.

Heute frage ich mich: Was war nur los mit mir? Wie konnte ich all meine Bedenken, die in mir waren, derart von mir schieben? Wie konnte ich den Zorn, der noch vor drei Stunden in mir hervorbrach, wieder vergessen? Ich vermute:

Die Angst um meine kleine, dünne Constanze stand mir bis zum Hals. Und ich habe sie – aus welchen Gründen auch immer – einfach heruntergeschluckt, um sie nicht an mein Gehirn zu lassen. Sie kam damals einfach nicht oben an, verstehst du!

Aber was rede ich:

Die Worte des Trainers beruhigen mich.

Und Constanze ist, als sie erscheint, noch immer in Hochstimmung. Sie hustet nicht einmal. Heute ist mir klar: Sie hat nach dem Duschen ein Zäpfchen genommen. Es sind verdammt starke Medikamente, die sie aus der Hausapotheke der Eltern gemopst hat, ohne daß sie es merken. Nun ja: Der Abend wird noch schöner als der am Vortag. Wir sind im Grunde nur einfach durch die Gegend gelaufen, eng beieinander. Und an dunklen Stellen sind wir natürlich stehengeblieben, ist klar. Ihre Eltern haben fürchterlich gemotzt, weil es wieder so spät geworden ist. Nun: Der Trainer bringt das in Ordnung, indem er ihnen erkärt, warum das jetzt wichtig ist. So vergeht ein weiterer Tag, an dem Constanze und ich miteinander glücklich sind.

Das Training am anderen Tag zeigt eine Wende an:

Den Waldlauf akzeptiert Constanze noch ohne Widerspruch. Der Aufforderung des Trainers, die tänzerischen Passagen verstärkt zu üben, kommt sie nicht nach. Noch nie hat es das gegeben; und Helmut Warich verliert die Nerven. Er brüllt:

»Was ich sage, wird gemacht!«

Sie sagt:

»Nein.«

Er schreit:

»Dann schmeiße ich die Brocken hin! Dann kannst du alleine weitermachen. Ich bin doch nicht doof!«

Sie antwortet:

»Meinetwegen. Ich weiß sowieso am besten selbst, was mir jetzt guttut: Krafttraining und Akros! Immer wieder! Und: Das volle Programm!«

Ich greife ein:

»Hör auf ihn, Constanze! Bitte!«

»Nein«, sagt sie leise. Sie ist erhitzt und knallrot im Gesicht. »Ich will das, was ich sage ... Ich will! Und ich bin mein eigener Herr!«

»Constanze! Bitte!«

»Nein. Ich bin nicht krank.«

»Wer sagt das denn!« schnauzt der Trainer. »Keiner sagt das! Da sind Unsauberkeiten im Tanz, verdammt! Die müssen raus, wenn du den Titel holen willst. Ute Pirkmeier ist eine Ballettratte. Sie wird die Kampfrichter für sich gewinnen, wenn du auch nur eine Macke hast, klar? Also komm!«

»Nein.« Sie wendet sich an mich. »Martin! Sag's ihm doch: Ich bin mein eigener Herr! Du hast es mir beigebracht. Sag's ihm! Ich bin nicht krank! Und ich verliere kostbare Zeit, wenn ich ... Martin, sag es ihm doch ... Bitte!«

Plötzlich wird der Trainer ruhig.

Ich sehe ihm an, wie er sich gewaltsam zusammenreißt. Für Sekunden zeichnen sich seine Backenknochen scharf ab, dann öffnet er den Mund, wartet noch eine Weile und sagt schließlich:

»Hör mir mal gut zu, Mädchen: Du hast das schon einmal gedacht – damals, vor den Gaumeisterschaften. Ich habe bis jetzt nicht drüber gesprochen, weil ich dachte, du hättest es begriffen: Wenn du dein eigener Herr sein willst, dann male Bilder – wie Martin! Oder turne ein wenig herum, betreibe Breitensport ... Meinetwegen! Im Spitzensport aber – dort, wo es um Hochleistung geht, kannst du dir diesen Luxus nicht erlauben. Hörst du? Was denkst du wohl, warum du's so weit gebracht hast, wie? Weil du ein Ausnahmemensch bist, dein eigener Herr?«

Constanze sitzt auf der Bank und preßt die Lippen zusammen. Und sie starrt in ihre Hände, die auf den Knien liegen: Es sind große Hände, Arbeiterhände – rissig, grob. Das lederne Reckriemchen, einem zerfetzten Handschuh nicht unähnlich, und das Magnesiumpulver verstärken den Eindruck noch.

Ich kann meinen Blick nicht davon lösen.

»Nein«, fährt Helmut Warich fort, und man sieht ihm an, daß er das folgende ungern sagt: »Du mußt – auch wenn's weh tut – allmählich begreifen, Constanze, daß du gewissermaßen nicht dir allein gehörst! Du bist – sei mir nicht böse! – ein Werk von vielen! Und wenn du den Titel holst, ist es auch ihr Titel, verstehst du? Du kannst nicht kurz vor dem Ziel sagen: Ich brauche euch nicht mehr! Jetzt will ich den Titel allein... Das ist unfair! Das ist Diebstahl! Und du kannst nicht sagen: Jetzt geht es nach meinem Kopf! Wenn's schiefgeht – wie beim Gauturnen, wenn du dich irrst, dann bringst du auch uns um den Erfolg, all die, die im Vertrauen zu dir eine ganze Menge an Geld, Kraft und Nerven, ja, Gesundheit investiert haben... Du kannst nicht sagen: Die gehen mich nichts an! Ich bin mein eigener Herr! Du bist es nicht und kannst es nicht sein, wenn du auch nur einen Funken Anstand und Dankbarkeit in dir hast. Constanze!«

Ihre Hände öffnen sich zu einer Geste der Hilflosigkeit; und in dem Rot ihres Gesichtes bilden sich weiße Flecken. Leise sagt Constanze:

»Verzeihen Sie mir...«

»Unsinn!« lächelt der Trainer und setzt sich neben sie. »Du brauchst niemanden um Verzeihung zu bitten, denn du kannst nichts dafür: Es ist das Hochtraining, weißt du, ich hab's dir doch schon lange vorher gesagt. Das legt sich, sobald du das selbst erkennst und meinen Ratschlägen folgst. Im Augenblick müssen wir weg von einseitigen Übungen... Das ist wichtig! Du bist topfit, Constanze, du warst noch nie so gut! Und du warst körperlich nie so stark! Was willst du mehr! Laß uns also den Schwerpunkt etwas verlagern, es schadet dir nicht. Im Gegenteil: Nächste Woche darfst du wieder voll rein! Und dann holen wir den Titel, Mädchen! Dann stehst du ganz oben auf dem Treppchen!«

Constanze lächelt, schaut zu mir herüber.

Ich nicke ihr zu.

Und sie erhebt sich und sagt:

»Ich mache, was Sie wollen, Herr Warich.«

Wir atmen auf.

Constanze

Ich weiß nicht mehr weiter.
So hört alles auf.
Der erste Schnee fällt; und ich stehe an meinem Fenster
und schaue auf die Straße. Ich bin so allein und denke:
Warum ist alles so kompliziert? Warum hat das Leben
nicht so klare Farben wie die Maltuben vor meiner
Staffelei? Für Augenblicke meine ich: Vielleicht solltest du
das Bild doch noch malen – mit den Farben aus der Tube,
ohne sie zu vermischen. Möglicherweise tut es dir gut.
Nein, ich weiß schon jetzt:
Du wirst es nicht können. Also laß es sein! Mutter schaut
herein.
Sie sagt:
»Bärbel Hallscheit hat gekündigt. Sie erwartet ein Baby
und will nur Mutter sein! Denk dir nur, Martin! Morgen
fahre ich zum Lehrgang – und alles ist gut!«
Nein, nichts ist gut.
Ich traue Mutters Worten nicht.
Glück, das ist doch immer nur ein Augenblick, denke ich.
Und ich bewundere die Leute, die ihn voll ergreifen und
auskosten können, ohne gleich wieder alles mögliche zu
denken. Auf der anderen Seite: Ohne das Denken wird
Schmerz maßlos, und du kommst nicht von der Stelle,
drehst dich im Kreis. Das habe ich schon kapiert. Aber ich
bin zu weit. Besser ist, ich erzähle der Reihe nach:
Helmut Warich ändert also das Training.
Für mich kommt zunächst eine Zeit, die ich genieße: Wie
schön kann Turnen sein, und wie schön ist Constanze!
Und ich frage mich immer wieder, wenn ich ihr zuschaue:
Warum! Warum bleibt Sport so selten ein Spiel, warum
wuchert es so in Schinderei aus? Warum? Es gibt sicher
tausend Antworten. Und das macht die Sache noch kom-
plizierter.

Mich macht das fertig! Und ich gerate darüber in Zorn. Siehst du: Da geht es wieder los! Dabei will ich nur erzählen, wie ich den Trainingswechsel zu Beginn erlebe. Ich ahne ja noch nicht, daß er Constanzes Krankheit vernebelt. Am Schwebebalken wäre sie wahrscheinlich heute aufgefallen, spätestens morgen. So aber vergehen wertvolle Tage, die – wie ich mir denken kann – entscheidend waren.

Aber weiter:

Natürlich bleibt uns nicht verborgen, daß Constanze öfter als sonst die Halle verläßt. Der Trainer nickt mir zu, ich nicke zurück.

»Laß sie!« sagt er einmal. »Sie muß selbst zu sich finden. Das geht nicht von heute auf morgen. Und wenn sie allein sein will, laß sie allein!«

Das fällt mir schwer.

Auch er wirkt unruhig, nervös.

Ein andermal sagt er:

»Wenn sie nur reden würde. Hat sie noch was zu dir gesagt? Ich meine, was ich nicht weiß.«

»Nein«, sage ich.

Wir albern meistens herum, wenn wir alleine sind. Das haben wir früher nie getan, zumindest sehr selten. Überhaupt: Irgendwie ist sie anders, anders als gestern. Und gestern war sie anders als vorgestern. Man spürt das deutlich und weiß nicht genau, woran das liegt. Was heißt, man weiß es nicht: An diesem verdammten Übertraining liegt es, denke ich.

Auch der Trainer beruhigt mich:

»Anfang nächster Woche können wir wieder voll durchziehen«, stellt er fest. »Ich glaube, sie ist über den Berg...

Es wird auch Zeit: Noch länger kann sie das Kraft- und Spezialtraining nicht aussetzen. Ich sagte dir, glaube ich, bereits einmal: Trainingseffekte können schnell verlorengehen – bei Kindern reicht manchmal schon eine Woche.«

Er schaut auf die Uhr, dann zur Tür der Halle, hinter der Constanze vor zehn Minuten verschwunden war. »Constanze weiß das«, fährt er fort. »Ich habe oft mit ihr darüber gesprochen – eigentlich, um sie zu noch größerem Trainingseifer zu animieren. Im Augenblick muß ich das Gegenteil tun. Kein Wunder, daß sie durchdreht!«

Er sagt das so dahin.

Und ich brauche zwei Tage, ehe mir die Bedeutung seiner Worte aufgeht. Plötzlich sitze ich im Bett, nein, stehe ich am Fenster. Unsinn: Ich renne wie ein Verrückter durch das Zimmer, bis Mutter im Schlafanzug vor mir steht:

»Es ist halb zwei, Junge!«

Mir ist das ganz gleich.

Das Telefon! Ich stehe davor, und Mutter sagt:

»Martin! Du willst doch nicht schon wieder...«

Ja, eigentlich wollte ich.

Meine Hand, schon auf dem Hörer, ziehe ich zurück. Hm: Ich muß lernen, überlegter zu handeln – auch, wenn ich sehr erregt bin. Meine Gefühle zu bändigen, das fällt mir schwer. Ganz wirr ist mir plötzlich im Kopf, und ich bin froh, daß Mutter aufgewacht ist.

»Gute Nacht«, sage ich.

»Nacht, Martin!«

Ich kann mir denken, mit welchem Blick sie mir nachschaut. Und ich muß gestehen: Allmählich schnappe ich wahrhaftig über. Da wundere ich mich über Constanze!

Im Bett werde ich ruhiger; dennoch nehme ich mir vor: Du mußt in Zukunft wachsam sein. Du darfst Constanze nicht mehr allein lassen, wenn es eben geht. Schließlich hat sie mich selbst darum gebeten.

Schon seit drei oder vier Tagen schlägt Constanze sich mit einer leichten Grippe herum. Was heißt Grippe: Sie ist etwas verschnupft, hustet wieder mehr, wenn auch nicht allzu stark, und hat leicht erhöhte Temperatur, kaum der Rede wert.

Trotzdem sehe ich es dem Trainer an: Allmählich gerät er in Panik. Immer wieder holt er den Trainingsplan hervor, oft blättert er im Kalender. Und er schaut unmotiviert auf die Uhr – wie unter einem Zwang. Das Kraft- und

Spezialtraining, gerade erst wieder begonnen, setzt er ab: Lockerungen, gymnastische Teile und tänzerische Elemente treten in den Vordergrund, Waldlauf, dann und wann leichte Übungen an den Geräten, dies und das.

»Mir bleibt auch nichts erspart«, höre ich ihn einmal brummen. Er hat sich angewöhnt, sich dauernd durchs Haar zu fahren. »Bald reicht's mir!«

Ich verstehe ihn.

Immerhin werde ich selbst ziemlich rappelig.

Und auf den Kalender starre ich jeden Morgen.

Nur Constanze wird immer gelassener.

Lächelnd absolviert sie ihre Übungen – Stunde um Stunde, Tag um Tag ... Heute weiß ich: Sie hat gelernt zu lächeln, auch wenn etwas in ihr bricht, wenn es sie innerlich zerreißt – Jahr um Jahr. Lächeln trotz Schmerzen, das ist ein Teil ihrer Übungen, weil Funktionäre möglicherweise mit dieser Lüge besser schlafen, auch Eltern vielleicht.

Zuweilen faßt sich Constanze an den Kopf.

Und sie kneift sich in die Augenhöhlen, reckt sich mitunter – so, als wolle sie etwas abschütteln. Und in Pausen atmet sie plötzlich tief durch – ganz tief, als fehle ihr Luft.

Der Trainer und ich wechseln wieder Blicke.

Als sie nach leichtem Husten die Halle verläßt, stößt der Trainer mich an.

»Geh ihr nach! Schau, was sie hat!«

Er ist sehr ernst, und ich renne los.

Schon vor der Tür höre ich sie heftig husten. Neben Constanze liegt eine Schachtel mit Tabletten. Als ich bei ihr bin, hat sie gerade eine Hand am Mund, um Tabletten zu schlucken. Ich nehme sie ihr fort und rufe erschreckt:

»Constanze! Was ist?«

Sie lächelt, winkt ab.

»Nichts. Nur dieser blöde Husten.« Sie sitzt zusammengekauert da, preßt nur eine Hand gegen die Brust.

»Ich kriege diesen blöden Husten nicht mehr weg, Martin! Mach dir keine Sorgen! Es ist nur dieser dumme Husten ...«

Und schon krümmt sie sich unter einem Hustenanfall, der ihren kleinen, dünnen Körper erschüttert. Das geht eine ganze Weile so, dann beruhigt sie sich wieder. Ich streichele ihr Haar, ihren Arm. Noch immer preßt Constanze das Taschentuch gegen den Mund. Mir ist, als hätte ich etwas bemerkt. Ich sage:

»Was ist das?«

Sie antwortet:

»Nichts, Martin. Was soll sein?«

»Da ist etwas am Taschentuch.«

»Nein.«

»Ja, zeig her!«

Sie krallt es fest in ihrer Hand und sagt:

»Nein! Da ist nichts, Martin. Bitte!«

Ich will es nehmen, sie hält es fest.

»Bitte! Es ist nichts.«

Eine Weile ringen wir stumm um das Tuch; und Constanze beginnt zu weinen.

»Es ist nichts!« jammert sie und wehrt sich verzweifelt.

»Es ist nichts, Martin! Wirklich!«

Dann entreiße ich ihr das Tuch.

Ich kann es nicht fassen:

Das Tuch ist voller Blut. Es ist voller Blut!

Helmut Warich fackelt nicht lange: Wir bringen Constanze in seinem Wagen zum Krankenhaus, noch ehe er ihre Eltern verständigt. Sie wehrt sich, will nicht mit und ruft immer wieder: »Es ist doch nur der blöde Husten. Er geht vorbei. Ich bin stark wie ein Bär!« Und Anderson und ich müssen sie auf dem Rücksitz festhalten, damit sie nicht aus dem fahrenden Auto springt. Im Hospital bekommt sie sogleich eine Spritze; und dann wird sie ganz ruhig. Der Blick, den sie mir zuwirft, ruft nach Hilfe, bevor man die Tür schließt und ich auf die weiße Fläche starre.

»Mykoplastische Pneumonie« oder »Mykoplasma-Pneumonie«, so nennt es auch das Gesundheitslexikon, das ich nach Helmut Warichs erstem Bericht sogleich zur Hand nehme: eine atypische Lungenentzündung. Ich hoffe, ich habe den Trainer richtig verstanden. Die Krankheit sucht in der Regel die Altersstufen zwischen fünf und fünfzehn heim, und die moderne Medizin hat sie im Griff, wie es heißt. Tödlich endet sie nur noch selten, wenn rechtzeitig behandelt wird. Und hier beginnt das Problem, zumal im Falle einer zu späten Therapie Komplikationen eher möglich sind, zum Beispiel eine Gehirnhautentzündung, in deren Folge es zur Erblindung, Taubheit oder gar zu Siechtum und Schwachsinn kommen kann. Wörtlich sagt das Buch: »Völlige Ausheilung ist bisher leider nur in zwanzig Prozent zu erreichen.«

Man sieht: Ich bemühe mich um Sachlichkeit, soweit ich das vermag. Ich bin kein Mediziner; und die Nachrichten über Constanzes Zustand laufen nur spärlich ein. Eines steht unumstößlich fest: Es steht schlecht um Constanze, sehr schlecht. Sie liegt in völliger Isolation, wie es heißt; Besuche sind nicht drin. Mir ist nicht einmal bekannt, ob sie die Leute ihrer Umgebung registriert. Man erspare mir weitere Ausführungen darüber.

Stundenlang streiche ich an manchen Tagen um das Hospital, immer wieder gequält von einer einzigen Frage: Warum hast du damals, als sie die Entscheidung, ob sie mit dem Turnen aufhören solle, dir überließ, nicht zugestimmt? Warum hast du nicht gesagt: Hör auf mit diesem Wahnsinn!

Ich gebe zu: Auch hier finde ich tausend Antworten. Doch keine bringt mir Ruhe, macht mich frei. Und wenn ich noch zehntausend weitere ersinne, sie werden meine Frage nicht aus der Welt schaffen, höchstens zuschütten.

Irgendwann gebe ich auf.

Aus meiner Selbstanklage ist Zorn geworden, ohnmächtiger Zorn. Manchmal balle ich die Faust, und manchmal

werde ich ganz ruhig und denke kalt und nüchtern über alles nach. Auch das ist Zorn. Ich knöpfe mir ihre Mutter vor – im Kopf, versteht sich. Ich frage sie:
Warum haben Sie Ihrem Kind die Freude gestohlen?
Sie sagt:
Sie hatte Freude. Und wie! Als sie damals kam und sagte: Ich habe den Salto gestanden! Da hättest du sie sehen sollen! Dieses Glück! Dieser Triumph! Da sagst du nicht: Hör auf damit, Kind! Und dieses Lachen, diese Begeisterung nach ihren vielen Siegen! Soll ich da sagen: Hör auf!?
Aber wann hat sie Urlaub gehabt?
Das holt sie alles nach.
Hat sie Freunde besessen, in der Gruppe gelacht? Hat sie draußen vor dem Haus Fangen gespielt, Verstecken oder Blindekuh? Hat sie mit Schneebällen geworfen, Pusteblumen abgeblasen oder Drachen steigen lassen?
Das tun auch andere Kinder nicht, die lernen müssen, um ihre Schulziele zu erreichen. Bauernkinder arbeiten auf dem Feld, Musiktalente spielen Klavier. Und du wirst sie später kaum auf der Straße finden oder auf den Fußballplätzen. Sie werden selten einer Rockergruppe angehören oder zu den Drogensüchtigen zählen, weil sie eine Aufgabe haben und Ziele. Und: Weil wir sie als Eltern nicht der Straße überlassen haben – schon sehr früh!
Ich halte mir die Ohren zu.
Aber es nützt ja nichts: Die Stimme ist in meinem Kopf und sagt:
Wenn Constanze Meisterin wird, hat sich das gelohnt. Sie hat ihr höchstes Ziel erreicht. Ihre Mühen waren nicht vergeblich.
Wirklich? Bedeutet ein Titel Glück?
Ach: Weißt du, was das ist – das Glück?
Und wenn Constanze stirbt oder krank bleibt?
Jeder kann krank werden oder sterben. Nichts ist ohne Risiko: Beim Spielen fallen Kinder in den Teich und ertrinken! Ihr Drachen berührt die Hochspannungslei-

tung. Oder: Der Ball rollt auf die Straße, ein Auto kommt...

Ich muß raus, muß an die Luft.

Die Wände meines Zimmers kommen auf mich zu; es wird sehr eng. Auf dem Flur stoße ich fast einen Nachbarn um. Dann sehe ich das Krankenhaus: und ich werde ruhiger. Ich fühle ihre Nähe, und mir ist besser.

Ein feiner Regen fällt. Er ist kalt und tut mir gut. Es wird früh dunkel. Die Autos fahren schon mit Licht. Ich denke mir nichts dabei, als irgendwann ein Wagen neben mir im Schrittempo folgt. Erst als der Fahrer hupt, schaue ich genauer hin und erkenne Olaf Hilgers, der mir zuwinkt. Er fährt nun vor und bleibt auf einem Parkstreifen stehen.

Als ich ihn erreiche, dreht Dirk Hilgers, der hinten sitzt, die Scheibe herunter.

»Können wir dich sprechen?«

Ich sage:

»Ja, warum nicht.«

Das alles klingt sehr gelassen; in Wirklichkeit krampft sich in mir etwas zusammen. Was wollen sie? Was wissen sie über Constanze? Sie sind beide sehr ernst, sehr blaß.

Man öffnet die Tür. Ich steige hinten ein.

Als Olaf Hilgers losfährt, ist die Beherrschung dahin. Ich frage:

»Was ist mit Constanze?«

Olaf Hilgers dreht sich nicht um, als er sagt:

»Es geht ihr nicht gut. Man muß...« Die Stimme versagt ihm. Er hustet. Dann beginnt er von vorn: »Man muß Schlimmes befürchten!«

Ich wende mich an Dirk.

»Was ist denn?« stoße ich hervor. »Was ist los?«

Dirk hat rote Augenränder. Ich sehe das in dem Licht, das hin und wieder in seinem Gesicht aufleuchtet, wenn uns ein Auto entgegenkommt. Seine Lippen liegen fest aufeinander, und die Backenknochen treten in dem breiten Gesicht deutlich hervor. Er schluckt immerzu, das sehe ich an seinem Adamsapfel. Er muß es tun, sonst heult er augenblicklich los, das ist mir klar. Ich frage also nicht weiter.

Am Rande der Stadt hält Olaf Hilgers an.

Ich sehe in der Ferne ein Bauerngehöft, sonst nur Feld und einen Waldstreifen, der in Regendunst und Dämmerung verschwindet. Wir steigen aus.

Ich weiß, was nun kommt.

Aber ich unternehme nichts.

Ich sehe noch, daß beide Brüder nun heulen – ziemlich stark. Mir selbst kommt das Wasser hoch, doch ich reiße mich zusammen. Ich will nicht vor ihnen weinen, ich werde es nicht tun – auch nicht, wenn sie mich halb totschlagen.

Nein, es tut auch nicht weh.

Die Schläge fallen wie aus dem Nebel und werfen mich immer wieder in den Matsch. Aber sie schmerzen nicht, ich spüre sie kaum. Als der Motor aufheult und der Wagen schließlich mit Getöse verschwindet, liege ich noch eine Weile im Dreck. Ich weiß nicht, ob ich ohne Besinnung war. Ich weiß nur, daß ich irgendwann den Blutgeschmack im Mund spüre. Und ich stelle fest, daß ich meine Augen kaum öffnen kann, so sehr ist dort alles geschwollen. Und jetzt erst sickert allmählich Schmerz in mein Gesicht, in meine Glieder, während ich mich erhebe. Sie haben mich auch getreten.

Die Meisterschaften im Turnen werden im Fernsehen übertragen, zumindest die nationalen. Constanzes Altersklasse geht natürlich noch nicht über den Bildschirm; aber darauf kommt es nicht an. Ich sitze vor dem Kasten und genieße jedes Bild, auf dem meine kleine, dünne Constanze nicht ist, nie erscheinen wird. Da bin ich ganz sicher! Und das ist es, was mich vor dem Apparat festhält: Das

Bewußtsein, daß dieser Alptraum aus Balken und Holmen, aus Matten und Sprungbrettern endgültig vorbei ist— für immer! Constanze erholt sich, wird wieder gesund, das ist sicher! Meine Mutter weiß es aus allererster Quelle. Ich darf Constanze nicht besuchen, ich darf sie nicht sehen. Was heißt das schon!

Sie wird zu mir kommen!

Ihre ersten Schritte draußen werden sie zu mir führen, sonst gibt es keine Liebe. Und richtig: Niemand vermag sie zu halten. Jeden Tag habe ich im Forst an einer bestimmten Stelle gewartet. Ein Baumstumpf steht dort, und ich habe darauf gesessen, ob es regnete oder nicht.

Nein, es regnet nicht an diesem Tag.

Die Sonne scheint.

Und ich sehe meinen starken Bär schon von weitem den Weg heraufeilen. Sie winkt. Und dann renne auch ich. Wie leicht und weich sie sich anfühlt, als ich sie hochhebe: Sie ist noch immer der kleine Vogel. Aber ich sage immer wieder:

»Du großer, starker Bär!«

Sie sagt nichts.

Sie weint ein wenig, dann lacht sie.

Wir lachen beide.

Und dann gehen wir einfach nur so herum – Hand in Hand. Na klar: Wie sonst? Es ist so viel Luft um uns; und wir atmen tief.

Abends besuchen wir die Disko; und wir tanzen so wild, daß wir Ärger kriegen. Man schmeißt uns raus. Das ist sehr lustig. Und wir halten uns die Bäuche. Dabei merke ich, daß ich Hunger habe.

»Du auch?« frage ich.

»Ja«, sagt sie, immer noch prustend. »Und wie!«

Der erste Frost glitzert im Mondlicht auf den blauen Gräsern; und unser Atem bildet kleine, weiße Wolken. Bei einer Imbißstube schlagen wir uns voll, bis wir nicht mehr können. Dann kuschelt sich Constanze an mich und sagt:

»Zwei Wochen habe ich Schonzeit! Dann muß ich natürlich wieder auf die Linie achten«, sagt sie. »Wir wollen Herrn Warich nicht unnötig verärgern!«

Mit einem Ruck bleibe ich stehen.

»Was sagst du da?«

Sie lacht, hakt mich wieder unter und schiebt mich amüsiert voran.

»Ich sagte: Der Trainer wird sauer, wenn ich zu dick werde. Aber nicht nur das! Du weißt doch selbst: Wenn ich im nächsten Jahr den Titel holen will, müssen wir schon jetzt darauf hinarbeiten. Das geht nicht anders, Herr Co-Trainer! In vierzehn Tagen geht das Training los.«

Ich höre nicht recht:

»Sagtest du Training, Constanze?«

Sie nickt.

»Natürlich: Training! Hör mal: Was ist los, Martin?«

Ich will nicht mehr weiter.

Und ich löse mich von ihrem Arm.

»Das ist doch nicht wahr!«

»Was soll nicht wahr sein? Martin, würdest du mal deutlicher werden? Was ist denn los?«

Ich reibe mir über die Augen.

Ganz ruhig sage ich dann:

»Constanze! Wenn du weiterturnst, ist es aus mit uns. Es ist dann vorbei.«

Ich kann ihr Gesicht nicht beschreiben. Unsagbares Staunen ist darin, Entsetzen vielleicht – nein, jetzt lächelt Constanze. Offensichtlich ist ihr ein lustiger Gedanke gekommen.

»He!« kichert sie dann und boxt mir in den Magen, daß mir fast die Luft wegbleibt. »Du machst Spaß, Martin! Mann, das war ein Scherz!«

Ich sage:

»Nein, es war mein Ernst, Constanze.«

Sie glaubt das noch immer nicht ganz. Doch ihr Lächeln flackert.

»Wenn es wegen der Krankheit ist, Martin, dann hör mal zu: Sie hat mit dem Turnen nichts zu tun. Jeder kann das kriegen, verstehst du? Die Meningitis wird wahrscheinlich durch Viruserreger hervorgerufen, aber genau weiß man das nicht, wie der Arzt meinte. Jedenfalls sind sie von meiner Lunge über den Blutstrom zur Gehirnhaut gelangt... Das ist möglich, Martin! Und ich hatte das Glück, wieder gesund zu werden – vielleicht, weil ich widerstandsfähiger bin als viele andere, die für immer Schäden zurückbehalten. Ich gehöre zu den wenigen...«

»Ich weiß«, sage ich bitter. »Es sind zwanzig Prozent, Constanze!« Ich glaube, sie hört gar nicht hin.

Wahrscheinlich hat sie erst jetzt richtig erfaßt, daß es mir ernst ist. Ganz blaß ist sie geworden. Und ihre Lippen beben.

»Martin! Was hat das denn mit dem Turnen zu tun?« beschwört sie mich und zerrt an meinem Jackenärmel.

»Der Trainer hat alles genau analysiert: Zwei Dinge kamen hier ungünstig zusammen: Die Krise durch das Übertraining und die Lungenentzündung, die ich sowieso bekommen hätte, vielleicht sogar die Hirnhautentzündung. Das weiß keiner. Zugegeben: Das Hochtraining hat mich etwas verwirrt. Ich wollte nicht zugeben, daß ich krank war, wollte es selbst nicht glauben. Ich habe meine zeitweilige Blässe durch Rouge verdeckt, und ich habe die Tabletten von meinen Eltern eingenommen – gegen den Husten. Das mußt du doch verstehen: Alles wäre umsonst gewesen, die ganze Arbeit! Und ich wollte unbedingt den Titel, will ihn immer noch, Martin. Und du willst ihn doch auch!«

»Nein«, sage ich, »ich will ihn nicht. Ich will dich und dein Glück!«

»Das Turnen bin ich. Und der Titel ist mein Glück!«

»Unsinn!«

»Doch! Ich habe dir gesagt, daß ich das Turnen nie aufgeben werde.«

»Nein, du hast mir im Forst gesagt, du würdest es sofort drangeben, wenn ich dich darum bäte!«

»Ja. Ich war verwirrt. Die Krankheit steckte schon drin, Martin! Und«, ihre Stimme wird leise, fast zaghaft, »wir haben uns zum ersten Mal geküßt. Kurz danach hätte ich dir alles versprochen.«

Ich schlucke.

Sie zieht sich an mir hoch und küßt mich.

»Martin!«

Ich mache mich los.

»Martin!« Große Angst ist wieder einmal in ihren Augen, die sich mit Tränen füllen. »Du kannst mich nicht allein lassen. Das geht jetzt nicht mehr, das weißt du doch. Bitte!«

Ich wende mich um und gehe.

Sie ruft:

»Martin!«

Nein, ich bleibe nicht stehen.

Ich sage zu ihr auf dem Weg von ihr fort: Ich kann nicht mehr. Nein, vielleicht will ich nicht mehr. Sie hört es natürlich nicht. Denn sie ist, als ich mich kurz umdrehe, schon weit, weit hinter mir und sehr, sehr klein.

Wie gesagt: Es schneit. Und ich stehe am Fenster, schaue auf die Straße. Mutter kommt herein und erzählt mir von Bärbel Hallscheit, die ein Baby erwartet. Mutter wird zum Lehrgang fahren und den Computer bedienen lernen.

Na gut.

Ein neuer Anfang für sie.

Ich selbst bin am Ende, weiß nicht mehr weiter. So hört alles auf. Hört wirklich alles auf? Ich muß noch die Hausarbeiten für die Schule machen. Es wird viel verlangt auf dem Gymnasium, und manches ist anders. Bald werde ich mich daran gewöhnt haben. Vielleicht schaffe ich das Abitur. Mutter wird stolz sein; und ich werde mir einen Studienplatz suchen. Das ist nicht einfach. Aber ich will

nicht so weit denken. Zunächst werde ich den Keilrahmen
mit der Leinwand in den Keller bringen, die Maltuben, das
Öl, das Terpentin und all das Zeug.
Aber ich kann mich nicht so recht dazu entschließen,
damit anzufangen. Vielleicht morgen...
Da läutet das Telefon.
Mutter nimmt ab.
»Ja. Augenblick! Ich hole ihn... Martin? Für dich!«
Es ist Dirk Hilgers.
Seine Stimme ist unsicher, seine Sprache unbeholfen.
»Ich möchte mich bei dir entschuldigen – auch im Namen
meines Bruders.« Das klingt wie auswendig gelernt. Nein,
irgend jemand hat ihm diesen Spruch gesagt. »Vorher war
Constanze immer gesund gewesen. Erst als du mit ihr
dauernd ausgegangen bist – in die Diskotheken und so,
da... Aber das ist alles Unsinn. Wie gesagt: Wir möchten
uns jetzt entschuldigen. Was wir gemacht haben, war
nicht gut.«
Ich drehe den Hörer ratlos in der Hand.
Dann lege ich auf.
Und wieder klingelt es.
Ich gehe auf mein Zimmer und achte nicht darauf.
Mutter ruft:
»Martin! Wieder für dich!«
»Für Dirk Hilgers bin ich nicht zu sprechen.«
»Es ist nicht Dirk Hilgers, Martin. Es ist Herr Warich,
Constanzes Trainer!«
»Sag ihm, ich sei nicht da!«
»Er weiß, daß du da bist, Martin! Er ist bei Hilgers,
verstehst du!«
»Dann leg auf!«
»Martin!«
»Leg auf, Mutter!«
»Aber, Martin!« Mutter steht in der Tür und schüttelt den
Kopf. »Martin! Das gehört sich nicht!«
Ich steh vor dem Bild und schweige.
»Martin! Tu es für mich!«

»Nein. Ich tu es für niemanden mehr!«
Ich höre, wie Mutter am Telefon spricht, sich entschuldigt, dann auflegt.
Und erneut läutet der Apparat.
Und ich denke:
Vielleicht ist das Weißkirch.
Das läßt mich kalt. Alles läßt mich kalt. Ich trete wieder ans Fenster. Es schneit noch stärker. Unten ist schon alles weiß. Und dann sehe ich sie. Sie steht unter der Laterne im Licht und schaut zu mir hoch.

BERÜHMTE KLASSIKER

Daniel Defoe
Robinson Crusoe
192 Seiten mit Illustrationen
ISBN 3 522 17046 6

Daniel Defoes Robinson Crusoe ist seit seinem ersten
Erscheinen im Jahre 1719 einer der meistgelesenen
und beliebtesten Klassiker der Weltliteratur.
Diese Ausgabe darf für sich in Anspruch nehmen, dank
der besonders sorgfältigen Bearbeitung und der
hervorragenden künstlerischen Illustrationen eine der
bestgelungenen und schönsten ihrer Art zu sein.

Robert Louis Stevenson
Die Schatzinsel
192 Seiten mit Illustrationen
ISBN 3 522 17047 4

Ein weiterer bekannter und beliebter Klassiker
der Weltliteratur ist „Die Schatzinsel" von
Robert Louis Stevenson, die seit ihrem Erscheinen
schon viele Millionen Leser fasziniert hat.
Auch diese wunderschön illustrierte Ausgabe darf
mit Recht eine der schönsten genannt werden, die seit
ihrer Niederschrift erschienen sind.

Beim Buchhändler

THIENEMANN

dtv pocket
lesen – nachdenken – mitreden

dtv pocket.
Die Reihe
für Jugendliche,
die mitdenken
wollen.
Bei dtv junior.

John Branfield:
Ein Jahr
wie ein Leben

dtv junior

dtv pocket 7862

Lillian Rosen:
Greller Blitz und
stummer Donner

dtv junior

dtv pocket 7867

Katherine Paterson:
Aber Jakob
habe ich geliebt

dtv junior

dtv pocket 7863

Frances Thomas:
Lieber Klassenfeind

dtv junior

dtv pocket 7892

Norma Mazer:
Meinst du,
der Falke
hat uns gesehen?

dtv junior

dtv pocket 78006

ese-Abenteuer
Abenteuer Lesen

Jean Craighead George:
Julie von den Wölfen

dtv junior

dtv junior 7351

Midas Dekkers:
Der Wal in der Falle

dtv junior

dtv junior 70096

Eilis Dillon:
Die Insel der Pferde

dtv junior

dtv junior 70142

Allan Campbell McLean:
Ein Dieb im Dorf

dtv junior

dtv junior 70306

Nur bei Vollmond...
und weitere Spukgeschichten

Ausgewählt von Aidan Chambers

dtv junior

dtv junior 70308

Erzählungen
für Jugendliche,
die Lesen
als Abenteuer
erleben.

Erzählte Geschichte

Der Alltag von einst,
packend erzählt,
für Jugendliche von
heute.
Hier wird Sozial-
geschichte lebendig.

dtv junior 7181

dtv junior 70283

dtv junior 70227

dtv junior 70189

dtv junior 70222